Peter Eckmann

DER FEURIGE ELIAS

DER FEURIGE ELIAS

LIEBE, LEBEN UND STERBEN AN DER KEHDINGER KREISBAHN

von Peter Eckmann

Peter Eckmann
Der feurige Elias
Liebe, Leben und Sterben an der Kehdinger Kreisbahn

Dieses Buch ist auch als E-Book erhältlich und kann über den Handel bezogen werden.
ISBN: 9783756809585
Lektorat: Eva Maria Eckmann
Cover: Nils Mette, dem Zeichner und Maler des Ostelandes

© 2022

Herstellung und Verlag: BoD – Books on Demand, Norderstedt

Anmerkung

Feuriger Elias ist eine alte umgangssprachliche Bezeichnung für Dampflokomotiven, beziehungsweise für die Eisenbahnstrecke, auf der sie verkehrten und findet sich zumeist bei kleineren Nebenbahnen (Wikipedia).

Der feurige Elias ist ein Begriff aus der Bibel. Der Name rührt daher, dass der biblische Prophet Elias nach 2 Könige 2,1–18 EU in einem von feurigen Rossen gezogenen feurigen Wagen „gen Himmel" entrückt wurde.

Inhaltsverzeichnis

Klaus und Gertrud

Es ist Februar, 4 Uhr morgens und noch finstere Nacht. Eine einzelne Karbidlampe sendet ein blasses Licht in die Dunkelheit. Ein paar Schneeflocken fallen torkelnd durch den Schein. Der Lokschuppen und die Werkstätten bilden einen großen, dunklen Komplex, der sich kaum vom schwarzen Himmel abhebt. Es weht ein kalter Wind, der auf den Wangen brennt und die Wärme erbarmungslos aus dem Körper zieht.

Die schwarze Dampflokomotive ist kaum zu erkennen, leise zischt es aus einer undichten Stopfbuchse, roter Schein dringt aus der nicht ganz geschlossenen Feuerbüchse.

Der Heizer steht mit einer kleinen Kassette vor der Esse in der Werkstatt und füllt mit einer Zange glühende Kohlen hinein. Er ist groß und kräftig, die kurzgeschnittenen blonden Haare werden von einer schwarzen Kappe verdeckt. Er füllt eine zweite, dann bringt er die beiden Behälter zu den Personenwagen, die an die Lok angekoppelt sind. Er schiebt sie in die dafür vorgesehen Öffnungen unten in der Außenseite. So beheizen sie den Boden der Wagen, die Passagiere werden sich freuen. Er hat mehrere Male zu laufen, zu jedem Personenwagen der zweiten Klasse gehören sechs Kohlekästen, vier zu den Wagen der dritten Klasse.

Schritte sind zu hören, leise quietscht der Schnee bei jedem Tritt. Es ist Georg Koch, der Lokführer. Er ist etwas kleiner als sein stämmiger Heizer, er hat schwarze Haare und einen ebensolchen Schnurrbart. In seiner schwarzen Dienstkleidung ist er in der Dunkelheit fast unsichtbar. „Guten Morgen, Klaus, schon fleißig?" In seiner Stimme schwingt ein freundlicher, wohlwollender Ton mit.

„Guten Morgen, Georg. Ja, unsere Passagiere sollen es gut haben. Es sind über zwei Stunden bis Stade, da würden sie ohne unsere Kohleheizung ganz schön frieren."

„Schön, dass du dich darum kümmerst. Ich werde mal anregen, dass der Nachtheizer das erledigt, du hast vor der Fahrt schon genug andere Dinge zu tun. Apropos: Hast du schon Kohle in der Lok nachgelegt?"

„Natürlich, der Druck beträgt jetzt 10 Atmosphären. Bis wir abfahren, wird er noch bis 12 steigen."

„Sehr gut!" Lokführer Koch freut sich über seinen tüchtigen und klugen Heizer. Er fährt gerne mit ihm zusammen und gibt ihm Ratschläge, weil Klaus – wie er weiß – sich bald für die Lokführerprüfung anmelden wird. Falls er die Prüfung besteht, wird er mit einem anderen Heizer fahren müssen. Aber der Lokführer wird Klaus keine Knüppel zwischen die Beine werfen, der junge Mann hat jede Unterstützung verdient.

Die Kohlekassetten sind eingesetzt, die Petroleumlampen in den Personenwagen sind angezündet, nun wird Georg mit seiner Kastenlok den Zug in Richtung Bahnhof ziehen. Klaus hat das Feuer kontrolliert, ein Blick geht zum Druckmesser, dann zum Wasserstandsanzeiger. Diese Kontrollen gehören bei ihm - genauso wie dem Lokführer – zur alltäglichen Routine, sie sind für die Lokomotive lebenswichtig. Die Werte befinden genau dort, wo sie sein sollen – alles ist in Ordnung.

Georg stellt den Steuerungshebel auf langsame Rückwärtsfahrt, dann öffnet er mit Fingerspitzengefühl den Dampfregler. Langsam setzt sich die sechs Meter lange Hohenzollernlok in Bewegung und schiebt den Zug, der aus drei Personenwagen und einem Gepäckanhänger besteht, vor den Freiburger Bahnhof.

Klaus beobachtet genau, wie er das macht. Er beherrscht ebenfalls jeden Handgriff an der Lokomotive. Aber Praxis ist nicht alles, für die Lokführerprüfung muss er noch viel Theorie büffeln. Signalstellungen, Handzeichen, das ganze Regelwerk. Da ist noch viel zu lernen.

Vor dem Bahnhof Freiburg haben sich die Fahrgäste in Richtung Stade versammelt, Abfahrt ist um 5:50, also in einer Viertelstunde. Die Passagiere bestehen zu zwei Dritteln aus den Schülern des Gymnasiums Atheneum in Stade. Außerdem sind einige Frauen mit Körben dort, sie wollen in Stade einkaufen und ebenso einige Herren, adrett mit Hut und Aktentasche. Sie stehen beisammen und unterhalten sich leise.

Die Fahrgäste haben sich an der Schmalseite des Bahnhofes aufgestellt, es ist dort windgeschützt. „Wo bleibt eigentlich Kuddel?", fragt einer der Herren. „Der öffnet doch sonst immer den Warteraum. Gerade heute, bei dieser Eiseskälte würde ich mich lieber drinnen aufhalten, anstatt mir hier den A… abzufrieren."

Gemurmel kommt als Antwort. „Da hast du recht, ich fühle meine Fingerspitzen schon nicht mehr", antwortet Friedrich Hadeler, ein Angestellter der Regierung in Stade.

Von irgendwoher kommt ein Schneeball geflogen und trifft einen der Jungen an der Schulter. Der Getroffene lässt seinen Ranzen fallen und bückt sich. „Peter!", ruft er, „du Flegel! Das werde ich dir heimzahlen!" Weitere Jungen neben ihm bücken sich, um rasch Schneebälle herzustellen. Eine muntere Schneeballschlacht entsteht. Dass die Folge später nasse Handschuhe sein werden, stört die Jungen im Moment nicht.

Ein Mann taucht aus der Dunkelheit auf. Er geht eilig auf die Eingangstür des Bahnhofes zu und öffnet sie.

„Da bist du ja endlich, Kurt. Hast du verpennt?", fragt einer der Herren mit Spott in der Stimme. Seine Kollegen lachen leise.

„Tut mir leid, mein Wecker ist stehengeblieben", antwortet der Betroffene.

„Du musst den Wecker ab und zu aufziehen, Kurt!"

Zu mehr als Gelächter und ein paar dummen Sprüchen kommt es nicht. Der Zug taucht aus der Dunkelheit auf, er fährt mit der unbeleuchteten Rückseite auf die Passagiere zu, sodass er erst spät bemerkt wird.

Ein kurzer Pfiff von der Lokomotive informiert den Bremser, der sich in einem kleinen Anhängsel des Gepäckwagens befindet, dass er jetzt die Bremse anziehen muss. Er steht von seinem hölzernen Sitz auf und reibt sich die kalten Hände. Dann dreht er das Rad, mit dem die Bremsklötze an die Bremstrommeln gepresst werden. Quietschend kommt der Zug zum Stillstand.

Die Kinder klettern die Stufen der Personenwagen mit viel Lärm hinauf. Es ist nicht ganz einfach, der Ranzen auf dem Rücken behindert das Einsteigen. Einige nehmen den Tornister vorher ab, stellen ihn in den Wagen und steigen dann ein.

Drinnen ist es kalt, von der Heizung unter dem Fußboden ist noch nicht viel zu bemerken. Der Atem der Passagiere gefriert auf den Scheiben zu glitzernden Eisblumen. Die Petroleumlampen geben ein schwaches Licht, es reicht gerade, um sich zurechtzufinden.

Johann Holthusen ist heute Morgen der Schaffner. Genau um 5:50 gibt er ein Pfeifsignal, um dem Lokführer anzuzeigen, dass der Zug abfahrbereit ist.

Georg hat die Steuerung bereits auf Vorwärtsfahrt gestellt, jetzt öffnet er gefühlvoll den Dampfregler. Unter lautem Zischen setzt sich der Zug in Bewegung. Allmählich wird er schneller, der Bahnhof Freiburg liegt jetzt hinter ihm. Die nächste Station ist »Landesbrück-Oederquart«, sie ist 2,2 Kilometer entfernt. Die Landschaft liegt in völliger Dunkelheit, Schnee bedeckt die Wiesen und Felder. Im Bahnhofsgebäude Landesbrück-Oederquart gibt es ein Gasthaus der Familie Vollmers – wie bei vielen Bahnhöfen an der Strecke. Auch hier warten ein paar Gäste auf den Zug.

Um 7:40 wird die Endstation in Stade erreicht. Die Schulkinder springen aus dem Zug, sie haben noch ein Stück Fußweg bis zum Atheneum in der Harsefelder Straße vor sich. Unter ihnen ist Otto Suhr, ein schmächtiger Junge von 14 Jahren. Er trägt eine Brille, was ihm immer wieder den Spott seiner Kameraden einbringt. Er mag sich kaum damit abfinden, eine zusätzliche Erschwernis ist, dass er als Klassenbester ohnehin spöttische Bemerkungen auf sich zieht. Er seufzt, rückt sich den Ranzen zurecht und trottet einer Gruppe Schüler hinterher.

Klaus Wulff und Georg Koch haben es sich in der Bahnhofswirtschaft bequem gemacht und ihre Brote herausgeholt. Außer ihnen sind noch zwei weitere Herren hier. Sie tragen einen Anzug, es scheinen leitende Angestellte zu sein. Der Warteraum ist klein, eine kleine Theke grenzt ihn zu der Getränke- und Essensausgabe ab.

Die Lok steht hinter dem Bahnhofsgebäude, Wasser und Kohle müssen noch nicht ergänzt werden, bis zur Abfahrt um 8:10 zurück nach Freiburg und weiter nach Itzwörden haben Lokführer und Heizer noch etwas Zeit. So Essen sie in Ruhe und haben etwas Muße zum Klönen.

„Hast du die neue Helferin in der Adler-Apotheke schon gesehen?", fragt der Lokführer seinen Heizer. „Das dürfte doch genau deine Kragenweite sein."

Klaus lächelt. „Du meinst die Apotheke in Freiburg? Nein, da war ich lange nicht mehr. Ist sie hübsch?"

„Das kannst du laut sagen, bildhübsch."

„Vielleicht sollte ich mal unter einem Vorwand hin." Er lächelt und stopft die Papiertüte in seine Tasche. „Zeit, aufzubrechen, obwohl ich lieber noch ein wenig ausruhen und mit dir schnacken würde."

Georg nimmt sein Teeglas und stellt es auf die Theke.

Der Wirt nickt und bedankt sich.

Dessen Blick fällt auf die zwei Herren, die in Krawatte und Anzug neben den schwarz gekleideten Bahnbediensteten deplatziert wirken. „Was hast du denn für Gäste, Johannes? Die habe ich hier noch nie gesehen."

Der Gastwirt beugt sich vor und flüstert: „Die sind von der Omnibusgesellschaft Peill, die wollen sich wohl mit dem Vorstand von der Kreisbahn in Freiburg treffen."

„Omnibus? Mist, das hört sich nach einer dunklen Zukunft für uns an. Aber vorerst fahren wir wieder zurück nach Freiburg. Mach's gut, Johannes, bis bald."

Klaus erhebt sich ebenfalls und folgt seinem Kollegen hinaus zu den Gleisen. „Meinst du, der Bahnbetrieb wird eingestellt, wenn hier Busse fahren? Wieso soll ich dann noch meinen Lokführer machen?"

Georg winkt ab. „So schnell schießen die Preußen nicht. Wenn überhaupt, dann dauert das noch eine Weile. Außerdem kannst du überall als Lokführer fahren. Fachleute werden immer gebraucht."

Klaus ist nicht beruhigt. „Wenn du meinst," sagt er tonlos.

Im Osten erscheint ein grauer Schimmer, in einer halben Stunde wird die Sonne aufgehen. Durch die Stadt Stade geht es mit Schrittgeschwindigkeit zurück. An allen Kreuzungen steht ein Angestellter der Bahn, der die Menschen und Fahrzeuge mit einer roten Fahne vor der Bahn warnt. So zum Beispiel an der Station Salztor, hier kreuzen die Gleise die Straße »Beim Salztor«. Weiter geht es am Hafen entlang, über eine Drehbrücke überqueren sie die Schwinge, die nächste Station ist eine Behelfsstation, »Kehdinger Tor«. Ein Unterstand befindet sich gegenüber der Zufahrt zu der Ziegelei Münster. Bis Bützfleth halten sie an zwei weiteren Behelfsstationen: Hörne-Brunshausen und Götzdorf.

Bützfleth hat eine enge und kurvenreiche Ortsdurchfahrt, so dass der Zug auf einem extra angelegten Bahndamm die Kurven umgeht. An jeder Station gibt es Betrieb, Fahrgäste besteigen oder verlassen den Zug. Ein Schaffner kontrolliert die Fahrkarten, es ist wieder Johann Holthusen. Er ist ständig zu Späßen aufgelegt und scherzt mit seinen Fahrgästen. Der Zug transportiert auch Post, an jedem Ort werden Briefe und Pakete übergeben. Gepäckstücke werden übernommen, der Zug ist ein wichtiger Versorger der verkehrsarmen Region zwischen Oste und Elbe.

In Freiburg steigen die beiden Vertreter der Omnibusgesellschaft Peill aus. Heinrich Peill und sein Betriebsleiter Friedrich Schild brauchen nicht weit zu gehen, die Besprechung findet im ersten Stock des Bahnhofsgebäudes statt.

Zwei Vertreter der Kehdinger Kreisbahn erwarten sie bereits.

„Treten Sie ein, meine Herren", fordert sie Doktor von Buchka auf. „Kann ich Ihnen etwas zu Gute kommen lassen? Einen Kaffee vielleicht?"

Herr Doktor Karl von Buchka ist der Vorsitzende der Kommission der Kehdinger Kreisbahn und außerdem Landrat des Kreises Kehdingen. Sein Begleiter Ludwig Gerdts bekleidet das Amt des Bürgermeisters in Freiburg und ist Mitglied der Kreisbahn Kommission.

„Danke, das wäre sehr nett." Er blickt seinen Mitarbeiter an. „Kaffee?"
Herr Schild nickt. „Ja, gern, da sag ich nicht nein."

Landrat von Buchka kommt ohne Umschweife zur Sache: „Vielen Dank, meine Herren, dass Sie die Mühe auf sich genommen haben, meinem Wunsch nach einem Treffen zu folgen." Er räuspert sich „Ich muss Ihnen kaum sagen, dass wir in schweren Zeiten leben. Die Wirtschaftskrise seit dem Zusammenbruch des Aktienmarktes im Oktober vorigen Jahres hat uns den stärksten Niedergang der deutschen Wirtschaft beschert, an den ich mich erinnern kann."

Die Anwesenden nicken zu seinen Worten.

„Auch die Kreisbahn ist davon nicht verschont worden. Nicht nur, dass uns zum wiederholten Male der Wunsch nach Beihilfen seitens der Landesregierung abschlägig beschieden wurde, haben wir im aufkommenden Kraftfahrzeugverkehr eine ständig stärker werdende Konkurrenz erhalten. Wenn es in dem Maße anhält, mache ich mir Sorgen um den Bestand unserer Bahn."

„Was können wir tun?", fragt Heinrich Peill.

„Darauf komme ich gleich. Ich fürchte, wir müssen Teile des Personentransportes in andere Hände legen und unsere Aufgaben in dem Bereich reduzieren. Sind Sie in der Lage, den Transport von Personen im Bereich zwischen Itzwörden und Stade in einem stärkeren Maße als bisher zu übernehmen?"

Peill sieht seinen Betriebsleiter an. „Wir haben unser Unternehmen vor zwei Jahren gegründet und sind jetzt im Besitz von drei Bussen. Wenn wir mehr Personen transportieren sollen als bisher, werden wir nicht umhin kommen, unseren Bestand zu erweitern. Sie verstehen sicher, dass das nicht von heute auf morgen zu machen ist. Auch uns macht die Wirtschaftskrise zu schaffen."

„Werden wir von Ihnen, im gleichen Maße wie bisher, Beförderungsentgelte erhalten?", möchte Betriebsleiter Schild wissen.

Jetzt meldet sich Doktor von Buchka zu Wort. „Im Moment können wir keine Zusage abgeben. Unsere Mittel sind begrenzt, wie Sie sich denken können. Wir müssen sehr sorgfältig kalkulieren, auch müssen wir mit der Provinz Hannover über eine weitere Förderung verhandeln. Obwohl ich mir da nicht viel Hoffnung mache." Er sieht den Landrat an. „Haben Sie inzwischen Nachricht aus Hannover erhalten?"

Doktor von Buchka schüttelt den Kopf. „Leider nicht. Ich fürchte, wir müssen in den sauren Apfel beißen und uns mit den geringen Mitteln, die uns bis jetzt zur Verfügung stehen, begnügen." Er wendet sich an seine beiden Besucher aus Stade. „Wir werden beide aufeinander zuarbeiten müssen. Sie prüfen bitte eine Aufstockung Ihres Fuhrparkes, wir werden auf eine Stilllegung des Personentransortes hinarbeiten. Wir werden Sie sofort informieren, sobald wir Nachrichten aus Hannover erhalten – obwohl ich nicht damit rechne, die Zeiten sind zu schwierig." Er erhebt sich, tritt an das Fenster und blickt nach draußen auf die Gleise. „Der nächste Zug nach Stade geht in einer guten Stunde. Was halten Sie davon, wenn wir Sie in unsere Bahnhofsgaststätte einladen? Bis nach Stade wird es zwei Stunden dauern, das dürfte zum Mittagessen dann zu spät sein. Es gibt eine einfache Küche, auf jeden Fall besser, als zu hungern."

Die beiden Gäste aus Stade stimmen zu. Gemeinsam suchen sie das Wartezimmer der zweiten Klasse auf. Der Bürgermeister von Freiburg kennt den Wirt persönlich, so bestellt er, nach Rücksprache mit den Gästen aus Stade, was auf der Karte steht. Es gibt strammen Max und Wiener Würstchen mit Kartoffelsalat.

„Wir haben seit vergangenem Herbst eine Drehscheibe im Einsatz", berichtet der Vorsitzende der Kreisbahn-Kommission, Doktor von Buchka.

„Warum haben Sie den Aufwand einer Drehscheibe auf sich genommen?", möchte der Betriebsleiter der Omnibusgesellschaft wissen. „Obwohl die Zukunft so ungewiss ist?"

„Wir haben den Gedanken an eine Modernisierung unseres Fuhrparks nicht ganz aufgegeben und werden in Kürze drei Dampflokomotiven von der Herforder Kreisbahn übernehmen. Diese Loks können nur in Vorwärtsrichtung betrieben werden, deshalb mussten wir Möglichkeiten ersinnen, sie zu drehen. Folglich haben wir hier in Freiburg eine Drehscheibe und in Stade ein Gleisdreieck geschaffen."

15

Rechtzeitig zur Abfahrt des Zuges um 12:50 sind die Herren am Bahnsteig. „Vielen Dank für die freundliche Aufnahme und die Bewirtung", bedankt sich Heinrich Peill bei den Mitgliedern der Kreisbahn.

„Keine Ursache. Ein Bahnhofrestaurant ist etwas, das es bei Ihnen nie geben wird", erwidert der Landrat mit einem Schmunzeln.

Der Zug ist eben aus Itzwörden eingetroffen und steht nun leise zischend am Bahnsteig. Die Herren verabschieden sich voneinander, dann steigen die beiden Gäste aus Stade ein.

Doktor von Buchka sieht dem davonfahrenden Zug nachdenklich hinterher. „Als die Bahn vor vierzig Jahren in Betrieb genommen wurde, hat niemand geahnt, dass wir einmal mit einem Kraftfahrzeugverkehr würden konkurrieren müssen. Ich hoffe, dass wir mit dem Transport von Gütern noch eine Weile wettbewerbsfähig bleiben können. Für den Personenverkehr sehe ich schwarz, mit schienenunabhängigen Omnibussen werden wir in absehbarer Zeit nicht mehr konkurrieren können."

***

Die Hauptstraße in Freiburg ist mit Kopfsteinen gepflastert, wie die meisten Straßen im Ort, einige wenige sind ungepflastert, die Räder der Fuhrwerke haben tiefe, dunkle Spuren in den Schnee gegraben. Die Apotheke des Ortes hat eine kleine Front zur Straße hin, eine Tür mit einer Glasscheibe und ein Schaufenster. Reklame von Beiersdorf-Pflaster und ein paar braune Flaschen mit bunten Pulvern ziehen gelegentlich die Blicke einiger weniger Fußgänger auf sich.

Es ist März, auf den Bürgersteigen liegen noch Reste von Schnee, die Felder und Gärten bedeckt eine geschlossene weiße Schicht.

Fräulein Willmers, mögen Sie mal kommen?" Die Stimme des Apothekers schallt durch die Räume.

„Jaa-a!" Gertrud Willmers wiegt gerade Pülverchen in Tüten ab, eine Aufgabe, die sehr viel Sorgfalt und eine ruhige Hand erfordert. Bis zum Ausgleich der ungedämpften Waage muss sie eine Weile warten, sodass sich das Wiegen in die Länge zieht. Sie füllt das Pulver in die Tüte und legt sie in die Schachtel zu den anderen. Sie streicht sich eine vorwitzige Locke der braunen Haarpracht aus der Stirn und steht auf.

„Was gibt es denn, Herr Gärtner?"

„Haben Sie gelernt, wie man Pillen dreht? Ich muss einige anfertigen, das ist eine gute Gelegenheit für Sie, sich das anzusehen."

„Ich habe das während meiner Lehre in Drochtersen schon üben können. Aber vielleicht kann ich von Ihnen noch etwas lernen."

„Das ist schön, dann können Sie mir sicher gelegentlich etwas abnehmen." Apotheker Gärtner lächelt und mustert unauffällig seine neue Helferin. Seit Anfang des Jahres ist sie bei ihm, es war eine gute Entscheidung, sie einzustellen. Sie ist hübsch, das mag ihm manchen zusätzlichen Kunden bescheren. Üppig wallende, braune Haare umrahmen ein Gesicht wie das einer Prinzessin.

Er räuspert sich, um seine abschweifenden Gedanken wieder auf Kurs zu bringen. „Ich färbe die Pillen ein, je nach Verwendungszweck. Rot sind die gegen Schmerzen, die blauen erleichtern das Einschlafen und die gelben sind für Harnwegserkrankungen."

Gertrud Willmers sieht ihm genau auf die Finger, der alte Herr ist sehr geschickt. Rasch rollt er die weiche Masse zu langen Rollen, die dann auf dem Pillenbrett auf einer Unterlage mit vielen Stegen in kurze Abschnitte unterteilt werden. Mit einem Holzbrettchen werden die Zylinder zu Kugeln geformt.

„Sehen Sie, ganz einfach!" Er lächelnd seine aufmerksame Helferin an. „Jetzt versuchen Sie das mal!"

Tatsächlich hat Gertrud viel Übung im Pillen drehen, sie wollte den Apotheker nur nicht kränken. Geschickt rollt sie einen dünnen Strang, den sie rasch in kleine Stückchen teilt und im Nu viele neue Pillen entstehen lässt.

„Meine Hochachtung! Ich habe gedacht, ich kann ihnen etwas beibringen – es scheint genau anders herum zu sein!"

Sie freut sich über sein Lob, es zaubert ein Lächeln auf ihr Antlitz. „Vielen Dank! Ich freue mich, dass Sie mir so bereitwillig Unterricht geben."

„Das ist ganz eigennützig. Umso mehr Arbeit können Sie mir abnehmen und mich auf die Weise entlasten."

Die Türglocke läutet – Klingeling!

„Gehen Sie mal nachsehen, ich räume nur auf und komme dann nach vorne."

Gertrud Willmers streicht sich über ihre Haare und eilt in den Verkaufsraum.

Vor dem Tresen steht ein junger Mann in schwarzer Kleidung, die mit den silbernen Knöpfen und der schwarzen Mütze einer Uniform nicht unähnlich ist. Er mustert sie überrascht mit seinen blauen Augen.

„Wie kann ich ihnen helfen?", fragt sie ihn.

„Ich, äh, ich habe hier eine Brandwunde." Er streift seinen rechten Ärmel etwas nach oben und zeigt mit einem Finger auf eine etwa handtellergroße, rote Stelle am Handgelenk, die in der Mitte von einer etwa Groschen-großen Blase gekrönt wird.

„Oh, Sie Armer! Das ist sicher sehr schmerzhaft!" Ein Mitgefühl überschwemmt sie, sie ist versucht, die Hand zu halten und auf die rote Stelle zu pusten. Sie räuspert sich etwas verlegen. „Wir haben Salbe für Brandwunden, ich werde meinen Chef rufen, der kann Ihnen etwas passendes empfehlen."

Jetzt lächelt der junge Mann. „Können Sie das nicht erledigen? Ich fühle mich bei Ihnen in guten Händen."

Gertrud Willmers wird fast etwas rot. Der junge Mann gefällt ihr, jetzt zeigt er ein lausbubenhaftes Grinsen. Er ist groß und hat breite Schultern. Auf seinem attraktiven Gesicht befindet sich ein schwarzer Ruß-Fleck. „Ich könnte das, ich darf jedoch nicht verkaufen, ich bin nur die Helferin."

„Schade. Dann rufen Sie bitte Ihren Chef – wenn es nicht anders geht."

Sie blickt zu Boden und eilt davon.

Klaus Wulff sieht ihr hinterher. Seine Kollege Georg hat nicht übertrieben, so ein hübsches Ding hat er noch nicht gesehen. Sie ist schlank, aber wohlproportioniert, eigentlich perfekt.

Der Apotheker erscheint. „Guten Tag, mein Herr. Sie haben eine Brandwunde, höre ich? Lassen Sie mich doch die Stelle sehen."

Klaus Wulff schiebt wieder den Ärmel nach oben und präsentiert die Wunde. Er hat sie sich an der heißen Feuertür geholt, er ist mit dem Arm oberhalb des Handschuhes, den er immer trägt, gegen die Klappe gestoßen.

„Oha, das sieht gar nicht gut aus. Ich werde Ihnen eine Salbe zubereiten, die müssen sie morgens und abends auftragen. Ich werde gleich damit beginnen, dann können Sie sie in einer Stunde abholen."

Gertrud Willmers steht hinter ihrem Chef und hat das Gespräch mitangehört. „Ich könnte zum Feierabend mit meinem Fahrrad bei diesem Herrn vorbeifahren und ihm die Salbe bringen – wenn er nicht zu weit entfernt wohnt."

„Das klingt verlockend, dann würde ich Sie wiedersehen", entgegnet Klaus mit einem Lächeln. „Das Problem ist nur, dass ich mit dem vorletzten Zug – das ist um sieben Uhr heute Abend – nach Itzwörden fahren muss, ich habe ab morgen früh Schicht und übernachte in der Dienstwohnung im Bahnhof. Ich würde am liebsten hier warten – wenn es Ihnen recht ist."

„Warum nicht?", erwidert der Apotheker. „In dem Fall werde ich sofort mit der Zubereitung der Salbe beginnen." Er wendet sich ab und verschwindet im Labor.

„Ich hole Ihnen einen Stuhl, damit Sie nicht stehen müssen." Gertrud entfernt sich, um kurz darauf mit einem Holzstuhl wiederzukommen.

„Oh, vielen Dank, das wäre nicht nötig gewesen."

„Das ist kein Problem." Sie bleibt neben ihm stehen und mustert ihn unauffällig. „Wo wohnen Sie denn, falls ich doch mal kommen muss?"

„So fragt man Leute aus!", lacht Klaus. „Ich teile mir mit einem weiteren Heizer und einem Lokführer eine der Dienstwohnungen gegenüber vom Bahnhof."

„Aha. Ich vermute demnach, dass Sie Heizer sind, richtig?"

„Stimmt genau." Klaus sieht betrübt auf seine Fingernägel. „An den schwarzen Rändern kann man das leicht erkennen." Er zögert. „Seit wann sind Sie hier? Ich habe Sie noch nie vorher gesehen."

„Ich habe Apothekenhelferin in der Apotheke in Drochtersen gelernt. Seit Anfang Januar arbeite ich hier."

„Haben Sie nichts zu tun?", sorgt sich Klaus. Er möchte nicht, dass sie Schwierigkeiten mit ihrem Chef bekommt.

Sie lächelt. „Das macht nichts. Die Salbe ist gleich fertig, ich werde später umso fleißiger arbeiten."

Viel zu früh ist der Apotheker mit der Salbe fertig, Klaus hätte noch stundenlang mit der netten Helferin plaudern können.

Die Salbe befindet sich in einer Dose aus Glas mit Deckel und einer großen Öffnung. „Hier bitte. Einmal morgens und abends auftragen. Wenn sich Komplikationen zeigen oder es gar nicht besser wird, müssten Sie wiederkommen. Eventuell ist ein Gang zum Arzt unvermeidlich. Auf Wiedersehen und gute Besserung!"

Klaus nickt der Helferin zu, dann verlässt er die Apotheke.

Gertrud und Klaus sehen sich ab und zu. Klaus nützt jeden Vorwand, um die Apotheke aufsuchen zu können. Mal benötigt er ein Pflaster, mal hat er einen steifen Nacken. Viel Zeit haben sie nicht füreinander, er arbeitet Schicht, sodass er mitunter schlafen muss, wenn sie frei hat. Außerdem sind seine Tage lang, er muss früh aufstehen und kommt erst spät ins Bett. Die Arbeit ist schwer, er braucht seinen Schlaf.

Doch eines Tages passt es doch einmal. Es ist Sonnabend, er hat dienstfrei und Gertrud muss nur bis Mittag arbeiten. Klaus holt sie ab. „Ich möchte dir unser Bahnbetriebswerk zeigen, interessiert dich so etwas?"

Sie lächelt ihn an. „Mir genügt es, dass du dort arbeitest, alleine deswegen werde ich es mir gerne ansehen."

Ihm wird bei ihren Worten warm ums Herz. „Wenn du magst, setzen wir uns in die Gaststätte, dort könnten wir etwas essen, wenn du möchtest."

„Klar, das hört sich gut an, ich komme gerne mit." Sie zieht sich eine Jacke an und folgt ihm auf den Bürgersteig.

Zum Bahnhof sind es einige hundert Meter zu gehen, sie haben Zeit und schwatzen miteinander.

Das Gebäude besteht aus zwei Teilen, in dem höheren befinden sich die Büros der Bahnleitung sowie der Geschäftsführung. Der niedrigere Bau enthält hauptsächlich die Gaststätte und die Warteräume der zweiten und dritten Klasse.

Na, Klaus, hast du dein Mädchen mitgebracht?" Gastwirt Vollmers lächelt ihn freundlich an. „Da hast du dir ein

Sahnestück an Land gezogen!" Er lacht. „Was möchtet ihr essen? Was haltet ihr von zwei Scheiben Brot mit Wurst und Käse? Dazu Tee oder Bier, je nach Wunsch."

Sie stimmen zu und machen sich hungrig darüber her. Das Brot ist frisch vom Bäcker, das kann man schmecken.

„Wie sieht es aus, kann der Rundgang beginnen?", fragt Klaus nach dem Essen und strahlt sein Mädchen an.

„Ich bin bereit!" Sie ergreift seine Hand und lässt sich von ihm führen.

„Die Bahn ist 1899 in Betrieb gegangen, seitdem gibt es den Bahnhof und das Betriebswerk." Eine Hohenzollern-Lokomotive, es ist die »Freiburg«, dampft an ihnen vorbei.

„Habe ich dich neulich nicht in so einer gesehen? Ihr habt hier am Bahnhof gehalten und du hast mir zugewunken."

„Ja, genau. So eine war es. Es sind Lokomotiven der Hohenzollern Fabrik in Düsseldorf, man kann sie an der ungewöhnlichen Kastenform erkennen. Sie sind ursprünglich für das Ziehen von Straßenbahnwagen entwickelt worden."

„Warum sind die so gebaut?"

„Das hat den Vorteil, dass sie mit gleicher Geschwindigkeit vorwärts und rückwärts fahren können. Dafür haben wir wenig Platz neben dem Kessel, ich habe mich schon etliche Male an der Steuerung gestoßen."

„Du Armer, ich glaube, ich muss dich mal trösten." Sie umarmt ihn und gibt ihm einen Kuss.

Der große Lokschuppen hat drei Türen, durch die Lokomotiven fahren können. Klaus öffnet eine und sieht hinein. „Komm mal", er winkt sie zu sich. „Hier steht eine von den neuen Loks aus Erfurt von Orenstein & Koppel, die musst du dir mal ansehen."

Vorsichtig geht sie hinter ihm her, sorgsam darauf achtend, nirgends anzustoßen. Obwohl immer gefegt und geputzt wird, gibt es mitunter Pfützen aus Ruß oder Schmieröl.

„Siehst du, da steht sie." Klaus zeigt auf eine Lok, die leise summend in der Mitte der Halle steht. Sie ist größer als die Kastenloks und hat eine andere Bauform. „Siehst du? Sie sieht so aus, wie man sich eine Lokomotive vorstellt, vorne ist der Kessel und hinten der Führerstand."

„Warum habt ihr denn diese zusätzlichen Loks erhalten?", möchte sie wissen.

„Es sind schwerere und kräftigere Lokomotiven, die Leitung der Bahn erhofft sich damit kürzere Fahrzeiten, insbesondere mit den Güterzügen."

„Warum steht sie jetzt hier?"

„Die Lokomotiven müssen alle zwei Wochen gewartet werden, zum Beispiel muss der Ruß aus der Rauchkammer geschaufelt werden. Wenn man das nicht macht, kommt bei der Fahrt zu viel Ruß aus dem Schornstein, außerdem ist der Zug im Kessel schlecht."

„Was du alles weißt!", himmelt sie ihn an.

Er sonnt sich in ihrem Staunen und fügt dann stolz hinzu: „Ich will auch Lokführer werden, nächste Woche ist die Prüfung."

„Mensch, Klaus! Das freut mich für dich. Ich werde dir kräftig beide Daumen drücken."

„Danke, ich könnte es nötig haben."

Er führt sie weiter in den hinteren Teil des Bahnbetriebswerkes. Hier befinden sich die Werkstätten, wie Schlosserei und Tischlerei. Hier sind auch die Waschräume für das Personal und das Ersatzteilelager untergebracht.

Ein Mann kommt auf sie zu.

„Hallo Adolf, was treibst du denn hier?", ruft ihm Klaus zu.

„Ich fahre gleich den Zug nach Itzwörden, ich habe nur eine Zange geholt, der Hebel am Regler klemmt etwas. Wen hast du denn da mitgebracht?"

„Das ist meine Freundin Gertrud, sie soll mal sehen, wo ich arbeite."

„Hallo Gertrud, ich bin Adolf Suhr, ein Kollege. Passen Sie man auf, dass Sie sich hier nicht stoßen, es kann immer mal was herumliegen, dunkle Ecken gibt es hier genug."

„Ich pass schon auf, außerdem gibt Klaus auf mich acht."

Der Heizer lacht. „Das würde ich an seiner Stelle auch machen!" Er lacht seinem Kollegen zu, winkt und geht. „Viel Spaß noch, ihr zwei. Im Gegensatz zu euch muss ich jetzt arbeiten."

„Mit Adolf habe ich vor ein paar Wochen ein Abenteuer erlebt. Wenn du möchtest, erzähle ich es dir."

„Oh, ja. Ich kann mir dann leichter vorstellen, wie du arbeitest."

„Das war nicht normal, solche Ereignisse erlebt man selten, besser gar nicht."

„Das war so. Adolf war der Lokführer und ich sein Heizer. Wir fuhren einen Güterzug von Freiburg nach Stade. Wir befanden uns zwischen Ritsch und Assel in Richtung

Stade. Plötzlich rief Adolf: „Mensch, was will denn der mit seinem Pferdewagen auf den Schienen?" Er zog an dem Hebel für die Pfeife, das Signal für den Bremser, die Bremse anzuziehen." Klaus sieht Gertrud an. „Man kann den Zug nicht einfach anhalten, der rollt noch eine lange Strecke, bevor er zum Stehen kommt."

„Erzähl weiter, ich möchte wissen, was noch passierte."

„Ja. Wir hielten uns beide fest. Ich schloss die Klappe zur Feuerbüchse und stellte die Schaufel hin. Die Bremsen im letzten Wagen quietschten, wir wurden trotzdem kaum langsamer. Vor uns auf den Schienen stand ein Ackerfuhrwerk, vor dem zwei Pferde gespannt waren. Das Gespann überquerte langsam das Gleis. Wir fuhren etwa zwanzig Sachen und fuhren genau auf den Wagen zu. Der Kutscher gab seinen Gäulen die Peitsche, aber das sind eben nur Pferde, die können nicht so schnell mit dem schweren Wagen voran kommen. Unsere Hohenzollern-Lok rammte das Hinterteil des Wagens und zertrümmerte ihn vollständig. Wir fuhren noch fast einhundert Meter weiter, bis der Zug zum Stillstand kam."

„Ist dem Kutscher und den Pferden etwas passiert?", sorgt sich Gertrud.

„Nein. Gott sei Dank nicht. Der Kutscher ist vom Wagen auf den Weg gefallen, die Pferde haben sich von der zerstörten Deichsel gelöst. Der einzige Schaden war das Fuhrwerk, davon waren nur viele Teile Holz übrig. Unsere Lok hatte lediglich ein paar Schrammen, die kann eine Menge ab."

„Ist dem Kutscher noch irgendwas passiert? Denn der hätte doch warten müssen?"

„Der Kutscher Pehmöller hat hinterher behauptet, dass er die Pferde nicht halten konnte, weil die Zügelleine nicht in Ordnung war, deshalb wären die Pferde auf die Schienen gelaufen. Das konnte man nicht überprüfen, weil alles zerstört war. Ich vermute, dass ihm sein Bauer eine tüchtige Standpauke gehalten hat."

„Du fährst gerne Dampflok, nicht wahr?"

„Ja, es macht mir viel Spaß. Die Technik ist interessant, die Lokomotive ist fast wie ein Lebewesen, es muss mit viel Kenntnis und Sorgfalt behandelt werden." Er lächelt sie an. „Noch viel lieber bin ich lieb zu dir!" Er zieht sie an sich und gibt ihr einen Kuss.

Später bringt er seine Freundin nach Hause. Sie wohnt in einem kleinen Haus in der Deichreihe. Er kennt sich aus, er hat sie schon einige Male dorthin begleitet. Zum Abschied gibt es natürlich einen Kuss.

„Tschüß, mein Schatz, träum von mir", er winkt ihr nach, bis sie in der Tür verschwindet.

***

Heute ist ein besonderer Tag. Klaus Wulff hat seine Lokführer-Prüfung bestanden. Er hat sich schon vor ein paar Tagen mit Gertrud verabredet, sie wollten sich anlässlich dieses Ereignisses treffen – ob er besteht, oder nicht. Er hat bestanden, das ist ein weiterer Grund sich auf heute Abend zu freuen. Anlässlich der Prüfung hat er einen Tag frei genommen, nun ist er auf dem Weg zur Apotheke, um sie abzuholen.

Gertrud kommt ihm an der Tür entgegen, fragend sieht sie ihn an. „Und?"

Klaus strahlt sie mit seinen blauen Augen an. „Rate doch mal."

Bei der Freude in seinen Augen gibt es nur eine Möglichkeit. „Du hast bestanden!", ruft sie, glücklich umarmen sie sich.

„Was machen wir jetzt?", fragt sie.

Klaus hebt den Beutel hoch, den er mit sich trägt. „Ich habe mir von meiner Mutter Kuchen geben lassen. Ich habe gedacht, wir setzen uns an den Hafen, blicken auf das Wasser und lassen es uns gut gehen."

Gertrud ist begeistert von dem Plan. Sie gehen los, zuerst entlang der Hauptstraße, dann durch die Kornstraße zum Kornspeicher. Dort steht eine Bank, auf die sie sich setzen und das Gebackene essen. Es kommt beiden vor, als hätte noch kein Kuchen so gut geschmeckt.

„Bekommst du denn jetzt den Posten als Lokführer?", fragt sie ihn.

Klaus schüttelt den Kopf. „Wir haben acht Lokführer, aber nur 3 Heizer, dazu noch vier Hilfsheizer. Im Moment benötigen wir keinen weiteren Lokführer, deshalb arbeite ich auch weiter für den Lohn eines Heizers."

„Warum hast du denn die ganze Mühe auf dich genommen?"

„Du stellst vielleicht Fragen. Es ist doch immer besser, etwas dazu zu lernen. Früher oder später wird es etwas nützen. Es sieht allerdings so aus, als wenn die Bahn über kurz oder lang den Betrieb aufgeben wird. Dann ist es sowieso vorbei, egal, ob ich Heizer oder Lokführer bin."

Gertrud schlägt erschrocken die Hand auf den Mund. „Du meine Güte! Was wirst du denn dann machen?"

Klaus zuckt mit den Schultern. „Etwas ergibt sich immer. Vielleicht geh ich zur Niederelbischen."

„Was ist das denn?"

„Das ist die Bahn von Harburg nach Cuxhaven, dort werden immer Lokführer gebraucht."

„Aha. Dann musst du aber von hier fortziehen, nicht wahr?"

Er blickt betrübt, weil er sich der Konsequenzen sehr wohl bewusst ist. „Ja, das wird wohl nicht anders gehen. Ich könnte vielleicht mit dem Bus, der dann statt der Bahn fahren würde, nach Stade fahren, das wäre dann ein sehr langer Arbeitsweg."

„Ich komm auf jeden Fall mit dir", erwidert sie mutig.

Er legt erleichtert die Arme um sie. Sie ist wirklich das Beste, was ihm bisher begegnet ist. Mit ihr an seiner Seite lässt sich jedes Problem lösen.

Walter und Paula

Anfang April, Walter Gerdts steht auf dem Dachboden der Bleifabrik in Barnkrug und sieht aus dem kleinen Fenster an der Stirnseite. Dieses Jahr dauert der Winter besonders lange, letzte Reste Schnee liegen im Schatten des Deiches. „Bist du bald fertig?", ruft er nach hinten, ohne sich umzusehen.

An der hinteren Wand steht ein Bett, darauf sitzt ein junges Mädchen und nestelt an ihrer Bluse. „Einen kleinen Moment noch, hier ist ein Knoten in der Schnur." Es ist Paula Steffens, ein siebzehnjähriges Mädchen aus Freiburg. Sie ist schlank und unauffällig mit einem Durchschnittsgesicht. Die langen, braunen Zöpfe würden sie jünger erscheinen lassen, wenn sich nicht ein ungewöhnlich üppiger Busen unter der Bluse wölben würde. Diese ansehnliche Figur ist der Grund, dass Walter Gerdts, der Sohn des reichen Bürgermeisters, sich immer wieder mit dem Mädchen zu einem Schäferstündchen trifft. Sie lässt sich mit mäßiger Lust darauf ein, denn er ist wohlhabend und sein Vater ist der Eigentümer des Landes, auf dem das Häuschen ihrer Familie steht. So kann er über sie und den Rest der Familie verfügen, was er weidlich ausnutzt. Manchmal steckt er dem Mädchen ein paar Mark zu, die sie uneigennützig in den Haushalt der Familie steckt.

Walter Gerdts ist der Leiter dieses Betriebsteiles der Bleifabriken von Haendler und Natermann. Nicht, dass er so ein fähiger Kopf wäre, er hat es der Fürsprache seines einflussreichen Vaters zu verdanken, dass er hier das Sagen hat. In seinem Zuständigkeitsbereich werden Schrot für Flintenpatronen hergestellt. Nach einiger Einarbeitung und mit dem fachlichen Rat des Vorarbeiters, kann er nun den Fachmann hervorkehren. In der Führung der Geschäfte ist Gerdts jedoch geschickt.

„Los jetzt, sonst fällt jemandem deine Abwesenheit noch auf", herrscht er das Mädchen an.

„Ja doch, Walter, ich komme schon." Sie erhebt sich, legt sich einen breiten Schal um und greift nach seiner Hand.

„Lass das, es darf keiner merken, dass wir...du weißt schon."

„Du liebst mich doch, Walter?"

„Klar, warum fragst du dauernd?" Er ist mit 32 Jahren fast doppelt so alt wie das Mädchen. Er denkt natürlich nicht daran, sie zu heiraten. Sie ist als Tochter eines armen Arbeiters bei der Ziegelei weit unter seinem Niveau, das kommt gar nicht in Frage. „Denk daran, dass du erst 17 bist. Was sollen die Leute sagen? Ich werde mich mit dir verloben, wenn du 18 bist." Das wird er nicht tun, er will sie lediglich bei Laune halten, im Bett ist sie gut zu gebrauchen. Sie ist sogar noch besser, als die eine Prostituierte in Cuxhaven, die er alle ein bis zwei Wochen aufsucht.

„Tatsächlich? Oh Walter!" Sie sieht ihn mit leuchtenden Augen an. Der Walter ist schon etwas Besonderes, er ist wohlhabend und hat was zu sagen, wenn er nur etwas freundlicher zu ihr wäre. Mit einem warmen Gefühl im Herzen folgt sie ihm.

Sie steigen in sein Auto, einen Adler P6, dann startet er den Wagen und fährt los, in Richtung Freiburg. Das Auto gehört eigentlich seinem Vater, der braucht ihn jedoch nur gelegentlich, dessen Wege beschränken sich meistens auf den Flecken Freiburg.

Langsam fährt der Wagen den schlechten Weg entlang. Ein Pferdewagen kommt ihnen entgegen, verärgert muss er warten, bis die Tiere den schweren Wagen zur Seite gezogen haben.

In der Ferne ist die Rauchwolke einer Lokomotive der Kehdinger Kreisbahn zu sehen, langsam fahren sie aufeinander zu. Es ist die Dampflok »Oste«, die mit drei Gepäckwagen in Richtung Stade fährt. Fauchend und rüttelnd fährt sie an ihnen vorbei, der schwarze Rauch hängt noch eine Weile in der Luft.

In Freiburg setzt er Paula in der Nähe der Straße Hühnerhörne ab. „Den Rest musst du zu Fuß gehen, ich möchte nicht, dass uns jemand sieht."

„Mach's gut, Walter." Sie gibt ihm einen Kuss auf die Wange."

Er wischt ärgerlich mit dem Handrücken über die feuchte Stelle. „Lass das jetzt, wir fallen sonst bloß auf." Er startet den Wagen und fährt nach Hause, ohne ihr nachzusehen. So fällt ihm nicht auf, dass sie ihm hinterher sieht und zaghaft winkt.

Paula wohnt mit ihrem Vater und ihren vier deutlich jüngeren Geschwistern in einem kleinen, reetgedecktem Haus. Es steht auf dem Grundstück des Bürgermeisters, dem dieser Teil des Ortes gehört.

Ihr ältester Bruder Wilhelm ist in der Stube und betreut seine kleineren Geschwister. Er ist zwölf Jahre alt, mager und seine Kleidung ist abgetragen. „Hallo, Paula. War heute viel zu tun?"

Sie hat ihm und ihrem Vater erzählt, dass sie nach Feierabend in den Büros der Bleifabrik putzt. Walter steckt ihr immer einen Schein zu, den sie jetzt zeigt. „Hier, davon können wir uns morgen eine Wurst kaufen."

Die Geschwister sehen sie staunend an.

„Du kannst den Schein gleich zu Schlachter Quast bringen, bevor Vater vom Gasthof zurückkommt, er nimmt ihn uns sonst nur weg", erklärt sie Wilhelm hinter vorgehaltener Hand.

Der schlüpft in seine Holzpantoffeln und verschwindet unauffällig.

Eine Stunde später erscheint der Vater, er ist wieder angetrunken. „Hast du nicht heute geputzt? Wo ist das Geld?"

„Entschuldigung, ich habe es nicht mehr. Wir haben beim Krämer Schulden, die habe ich damit beglichen."

Er brummt unwillig. „Das nächste Mal will *ich* das Geld haben, der Krämer kann warten." Er sieht seine Tochter grimmig an, geht zu der löchrigen Couch und lässt sich darauf nieder. „Wo bleibt das Essen, ich habe Hunger!"

Mit einem Seufzer geht Paula in die kleine Küche und beginnt, ein paar Scheiben vom letzten Brot abzuschneiden. Es wird erst morgen Wurst und Käse geben, heute muss Margarine genügen. Als sie ihre Geschwister zum Essen bittet, ist ihr Vater eingeschlafen. Er liegt seitwärts auf der Couch und schnarcht.

***

Die 14-jährigen Jungen Otto Suhr und Johannes Willmers wohnen in derselben Straße in Freiburg, im Bäckergang. Ottos Vater betreibt eine Werkstatt für Kutschen und Wagen aller Art. Das Geschäft läuft gut, so gut, dass er seinem ältesten Sohn den Besuch des Gymnasiums in Stade ermöglichen kann.

Johannes ist der Bruder von Gertrud, der hübschen Helferin des Apothekers. Ihr Vater ist Gleisarbeiter bei der Kreisbahn. Das Geld ist knapp im Hause der Willmers, neben Johannes und Gertrud müssen noch vier weitere Geschwister durchgefüttert werden. Es sind sein jüngerer Bruder Fritz und neben Gertrud, der ältesten, noch drei weitere Mädchen, die allesamt älter sind als er. Gertrud als älteste kann inzwischen mit ihrem Lohn auch zum Haushalt beitragen.

Johannes wäre auch gerne auf das Gymnasium gegangen, intelligent genug ist er. Stattdessen besucht er die Realschule in Freiburg, sein Vater hat kein Geld für das Gymnasium in Stade, außerdem muss der Junge die Familie unterstützen. Nun hockt er bei Otto auf dem Dachboden und schmökert in dessen umfangreicher Büchersammlung.

„Wenn ich dir ein Buch leihen soll, musst du das nur sagen."

„Mach ich. Ich habe leider wenig Zeit, ich muss oft meinen Schwestern bei der Hausarbeit helfen." Außerdem hilft er seit kurzem in der Apotheke aus. Er verteilt mit seinem Fahrrad Medikamente an Personen, die nicht mehr gut zu Fuß sind. Der kleine Betrag, den er dafür erhält, verschwindet zumeist im Haushalt seiner Eltern, nur selten kann er sich einen Groschenroman leisten. Er hat bereits einige »Illustrierte Klassiker«, die er geradezu verschlingt. Der Fundus seines Freundes Otto ist eine ergiebige Quelle bei seiner Suche nach spannenden Romanen.

„Kennst du den schon?", fragt Otto und hält einen Sammelband mit den Lederstrumpfgeschichten hoch. „Der ist allerdings sehr dick - oder den?", er nimmt einen Roman von Mark Twain aus dem Bord. »Die Abenteuer von Huckleberry Finn« steht darauf. „Den kann ich dir empfehlen, es kommen Jungs darin vor, die so alt sind wie wir."

Johannes nimmt das Buch und blickt auf den bunten Einband. „Gut, ich versuch den mal. Danke schön."

„Danke lieber meinen Eltern und meinen Verwandten, von denen kriege ich immer etwas zu lesen."

Dann sitzen beide schweigend auf dem alten Sofa in der Abseite und schmökern in den Büchern.

Walter und Gertrud

Ludwig Gerdts, der Bürgermeister, hat einen schmerzhaften Furunkel an der rechten Wade. Doktor Hellwege war vor einer Stunde bei ihm und hat ihm schwarze Salbe verschrieben. „Sie müssen das ein paar Tage lang einreiben, dann verschwindet es."

Der Bürgermeister sieht sich sein Bein an. „Das ist doch so ein schwarzes Zeug, damit saue ich mir die Hose ein", grummelt er verdrießlich.

„Sie müssen einen Verband darüber machen, anders geht das nicht. Ich werde dem Apotheker Bescheid sagen, er stellt Ihnen das zusammen."

„Vielen Dank Doktor. Ich werde meinen Sohn schicken, es zu holen. Der kann besser laufen als ich."

„Sie schaffen das! Gute Besserung und auf Wiedersehen!"

„Danke. Das mit dem Wiedersehen wird hoffentlich nicht so bald nötig sein."

Der Arzt schüttelt den Kopf über seinen widerborstigen Patienten und verlässt das Haus.

Eine Stunde später, es ist kurz vor sechs, trifft der Sohn Walter ein.

„Wo bleibst du so lange, ich warte schon auf dich!"

„Das kann ich doch nicht wissen, ich komme ganz normal, nachdem ich die Bücher geschlossen habe. Was gibt es denn?"

„Du kannst mir schwarze Salbe und Verbandszeug von der Apotheke holen. Der Furunkel schmerzt bis zum Fuß hinunter, damit kann ich nicht laufen. Doktor Hellwege hat den Apotheker schon informiert, der weiß Bescheid. Beeil dich, sonst schließt die Apotheke, bevor du da bist."

„Gut, gut, ich fahre sofort los."

Er startet den Wagen seines Vaters und fährt zur Hauptstraße, wieder ärgert er sich über das schlechte Kopfsteinpflaster. Er wird seinen Vater darum bitten, dass die Straße in einen besseren Zustand versetzt wird. Er glaubt dessen Antwort schon zu kenne, er wird sich wieder auf die leeren Kassen berufen.

Die Apotheke ist noch geöffnet, obwohl es bereits nach sechs ist. Der Apotheker steht am Tresen und grüßt freundlich. „Guten Abend, Herr Gerdts, Sie wollen sicher die Medikamente für Ihren Vater abholen?" Er greift in ein Fach unter dem Tresen. „Ich habe schon alles für Sie eingepackt, hier bitte."

„Danke, Herr Gärtner, mein Vater wird froh sein. Was bin ich Ihnen schuldig?"

„Eine Mark fünfzig."

Walter Gerdts sucht das Geld aus seinem Portemonnaie heraus, da erscheint die Helferin des Apothekers. Sie hat Feierabend, hat sich ihre Strickjacke angezogen und trägt eine Tasche.

„Ich wünsch dir einen schönen Feierabend, Gertud",
ruft ihr der Apotheker zu.

„Vielen Dank, Herr Gärtner, das wünsche ich Ihnen
auch." Beiläufig streift ihr Blick den Kunden.

Der hat die junge Frau sehr wohl bemerkt, verblüfft
starrt er zu ihr hin. So eine hübsche Frau ist ihm noch nie
begegnet, und jetzt steht sie vor ihm, wie eine Erscheinung!
Das Gesicht ist unglaublich, sie hat eine schlanke Figur.
Vielleicht nicht so üppig wie Paula, aber die ist, außer im
Bett, zu nichts zu gebrauchen. Ein Gedanke formt sich in
seinem Gehirn – die muss er haben, und wenn es das Letzte
ist, was er will.

Gertrud hat die Apotheke verlassen, Walter Gerdts blickt
einen Moment auf die Tür, durch die sie verschwunden ist.
Mühsam sammelt er sich. „Haben Sie eine neue Mitarbeite-
rin, Herr Gärtner?"

Dem ist die Verblüffung seines Kunden nicht verborgen
geblieben. „Ja, das ist meine Helferin Gertud Willmers, ein
heller Kopf und fleißig dazu." Er fixiert seinen Kunden und
schiebt mit dem Zeigefinger seine Brille auf die Nase. „Bevor Sie sich falsche Hoffnungen machen – sie hat einen fes-
ten Freund!"

Der letzte Teil des Satzes verhallt ungehört. Im Kopf von
seinem Kunden formen sich erste Gedanken. Freund? Und
wenn schon! Für einen Walter Gerdts gibt es nichts, das er
nicht bekommt, wenn er es nur will. „Kenn ich den jungen
Mann?"

„Kaum, er war Heizer bei unserer Bahn, seit kurzem ist
er Lokführer."

Die Bemerkungen des Apothekers gehen ihm noch lange durch den Kopf. Ein Hungerleider, der zudem noch ständig schmutzig ist, ist kaum ein ernsthafter Konkurrent für ihn. Ein weiterer Vorteil ist, dass der junge Mann bei der Bahn ist. Über seinen Vater, der Mitglied in der Kreisbahn-Kommission ist, könnte man den Vater des Mädchens unter Druck setzen. In Gedanken reibt er sich die Hände – das Mädchen gehört demnächst ihm, das ist so gut wie abgemacht.

***

Nur wenige Tage später klopft Walter Gerdts an die Tür von Paul Willmers. Es öffnet Johanna Willmers, eine der drei jüngeren Geschwister von Gertrud. Sie blickt den Fremden mit großen Augen an. „Zu wem möchten Sie, bitte?"

Walter Gerdts mustert flüchtig das junge Mädchen, das nur wenig jünger ist als Paula, seine Bettgespielin. Hübsch ist die Kleine, das scheint in der Familie zu liegen. „Ich möchte deine Schwester Gertrud sprechen, ist sie zu Hause?"

Johanna blickt nach hinten. „Gertrud, kommst du mal? Hier ist jemand, der dich sprechen will."

Die junge Frau kommt an die Tür und wischt sich im Gehen an einem Handtuch die Hände trocken. Skeptisch mustert sie den Mann, der im schwindenden Licht des Abends vor der Tür steht. „Wie kann ich Ihnen helfen?" Ihr erster Gedanke ist, dass der Mann vielleicht etwas aus der Apotheke benötigt und ihren Chef nicht erreicht hat.

„Können Sie mich nicht hineinlassen? Ich habe eine Bitte an Sie persönlich."

„Lieber nicht, ich kenne Sie nicht."

„Entschuldigen Sie, ich habe mich noch nicht vorgestellt. Gerdts, Walter Gerdts."

„Gertrud Willmers. Wir können auch hier draußen sprechen."

„Aber - das ist so ungastlich."

„Oder gar nicht", sagt Gertrud unbeeindruckt.

Walter Gerdts ist es nicht gewohnt, auf dem Gehsteig abgespeist zu werden, aber sei´s drum. Die junge Frau steht mit verschränkten Armen im Türstock und blickt ihn an. „Also gut. Dann eben hier draußen."

„Ich wollte Sie fragen, ob Sie mit mir ausgehen mögen. Im Gasthof zur Fähre in Wischhafen kann man sehr gut essen."

Gertrud sieht ihn an, wie ein Gespenst. „Sie haben Nerven! Warum sollte ich ausgerechnet mit Ihnen zum Essen ausgehen?" Sie mustert ihn distanziert. Er sieht gut aus, mag Mitte Dreißig sein und ist adrett gekleidet. Er hat wahrscheinlich Schlag bei den Frauen. Trotzdem – sie hat einen Liebsten, dem gehört ihr Herz.

„Warum nicht? Ich lade sie ein und fahre sie. Ein gutes Essen, ein liebenswürdiger Unterhalter – warum sollten Sie darauf verzichten?" Er lächelt sie charmant an, das versteht er.

Der Vater, Paul Willmers, steckt seinen Kopf aus der Tür zum Wohnzimmer. „Wer ist denn gekommen, Trude?" Er zögert einen Moment, mustert den Besucher. „Ach Sie

sind es, Herr Gerdts. Was für ein Glanz in unserer schmuck-
losen Behausung. Womit können wir Ihnen helfen?"

„Guten Abend, Herr Willmers. Ich wollte Ihre Tochter
bitten, mich zum Essen zu begleiten. Bisher ist sie mir nicht
wohlgesonnen."

Der Vater mustert seine Tochter. „Das ist doch ein loh-
nendes Angebot. Bedenke, dass Herr Gerdts und sein Vater
angesehene Bürger Freiburgs sind."

„Aber Papa, ich habe doch schon einen Freund, der nicht
begeistert davon sein wird, wenn ich mit einem fremden
Mann ausgehe."

„Na, weißt du. Dein Klaus ist doch ein armer Schlucker.
Herr Gerdts dagegen kann dir ein Leben in Luxus bieten.
Überlege das bitte!"

„Ich liebe ihn doch nicht, Papa!" Sie ist den Tränen
nahe.

„Papperlapapp! Liebe – was ist denn das? Meinst du, ich
hätte aus Liebe geheiratet? Das ergibt sich eben. Liebe
kommt später, wenn ihr euch besser kennt."

Gertruds Unterlippe zittert. Das ist genau das Argument,
das sie schon öfter gehört hat. Sie liebt Klaus, sie hat keine
Lust ihn wegen eines reichen Knopfes zu verlieren, der sie
nur besitzen will, wie eine Trophäe in seiner Sammlung.

„Vorerst möchte ich ja nur mit Ihnen essen gehen, es ist
nichts zum Fürchten!"

„Papa, nein! Ich will das nicht"! Ohne sich umzusehen,
läuft sie ins Schlafzimmer und wirft sich weinend auf das
Bett.

Der Vater blickt Herrn Gerdts bedauernd an und zuckt mit den Schultern. „Für heute müssen Sie auf meine Tochter verzichten. Ich werde sie bearbeiten, das wird schon."

„Vielen Dank, Herr Willmers, ich zähle auf sie. Es soll Ihr Schade nicht sein. Andernfalls ..." Er führt nicht näher aus, was in dem Fall passieren könnte.

***

Eine Woche später sitzen Klaus und Gertrud zusammen auf der Bank am Hafen, auf der sie schon zu seiner bestandenen Lokführerprüfung gesessen haben und so glücklich waren.

Sie erzählt ihm von dem abendlichen Besuch von Walter Gerdts, und dem, was ihr Vater von ihr erwartet. Wieder kommen ihr die Tränen, als sie sich an den Abend erinnert.

„So ein Schwein!", ereifert sich Klaus. „Denkt, er sei etwas Besonderes. Nur weil er Geld hat, meint er, jede Frau bekommen zu können, die ihm gefällt. Ich sollte mir den Burschen vielleicht mal vornehmen!" Er ballt seine Hände zu furchteinflößenden Fäusten, die Muskeln spannen sich unter dem Hemd.

„Um Gottes Willen, Klaus! Mach so etwas nicht, dann ziehen wir auf jeden Fall den Kürzeren! Außerdem kannst du das gar nicht, du bist ein zu herzensguter Mensch."

Sein Zorn verraucht, als sie ihre Arme um ihn legt. „Aber was können wir machen? So wie ich das sehe, wird er nicht aufgeben."

„Das fürchte ich auch. Aber für den Fall müssen wir eine Lösung parat haben." Sie sieht ihn aus ihren dunkelbraunen Augen an. „Was meinst du?"

„Könntest du nicht einfach mit ihm ausgehen? Du sprichst mit ihm, mehr nicht."

„Ich soll…und wenn er mehr von mir will, muss ich ihm dann zu Willen sein?"

„Du hast mich auch noch nicht gelassen, du wirst ihn schon abwehren."

„Das ist doch ganz etwas anderes! Ich liebe dich, wenn die Zeit reif es, werde ich dir deine geheimen Wünsche erfüllen." Sie lächelt ihn an. „Ich weiß, was du möchtest. Ihr seid doch alle gleich. Aber dieser Kerl könnte mir Gewalt antun, wenn er seinen Willen nicht bekommt, er ist der Typ."

Klaus zieht seine Augenbrauen zusammen. „Das soll er nur versuchen!" Er überlegt. „Und wenn Du ganz unhöflich zu ihm bist? Und ihn unterschwellig merken lässt, dass du ihn grässlich findest?"

„Aber Klaus, das Ergebnis ist doch das Gleiche! Wenn er seinen Willen nicht bekommt, macht er meinem Vater das Leben schwer. So ist das."

Unversehens braust Klaus auf: „Es macht mich krank, dass so ein Typ wie Gerdts einfach machen kann was er will, nur weil sein Vater Geld hat! Er muss sich nur ein Mädchen aussuchen, erpresst ihren Vater, und schon hat er, was er wollte. Und ich weiß genau, was er vorhat, dieser… dieser…"

„Beruhige dich doch! Noch ist nicht aller Tage Abend."

Sie einigen sich darauf, dass Gertrud mit Walter Gerdts essen geht, was, wie die Dinge liegen, kaum mehr zu vermeiden ist.

Dann fällt Klaus noch etwas ein. „Weiß der Gerdts, dass du weißt, dass er deinem Vater gedroht hat?"

„Keine Ahnung - aber er muss sich doch denken, dass mein Vater mir von seiner unterschwelligen Drohung erzählt hat, oder? Ach, ich weiß es nicht."

„Wäre aber gut, wenn wir das wüssten. Fühl dem Kerl mal auf den Zahn, ganz vorsichtig natürlich. Was später kommt, müssen wir mal sehen."

„Vielleicht stirbt er ja, oder er muss fortziehen", hofft Gertrud inständig.

„Da mach' dir nicht zu viel Hoffnung, solche Burschen sind unausrottbar."

***

Eine Woche später wird der Wunsch von Walter Gerdts erfüllt. Er hat sich in seinen besten Anzug geworfen und einen Strauß Blumen dabei.

Auch Gertrud hat sich nett gekleidet, auf Wunsch ihres Vaters hat sie ihr schönstes Kleid angezogen.

Walter Gerdts ist überwältigt. „Meine liebe Gertrud, Sie sehen bezaubernd aus."

„Ich habe nichts dazu beigetragen, so hat Gott mich erschaffen."

Er lächelt. „Wer auch immer seinen Anteil daran hat, Sie können sich sehen lassen." Galant öffnet er die Tür an der Beifahrerseite und reicht ihr die Hand zum Einsteigen.

Gertrud steigt in den hohen Wagen und sieht sich neugierig um. Noch nie hat sie in einem dieser neuen Fahrzeuge gesessen, sie kennt auch kaum jemanden, der so einen Wagen besitzt. Außer vielleicht ihr Chef, der fährt einen Opel.

„Da staunen Sie, was? Sie werden sich erst recht wundern, wenn er fährt."

Gertrud ist tatsächlich überwältigt, geschützt vor Wind und Wetter legt der Wagen problemlos die Strecke zum Fährhaus zurück. Hier hilft Walter Gerdts seiner Neueroberung aus dem Wagen und führt sie in das Restaurant. Die Spezialität sind Fischgerichte. Ihr Begleiter weiß, was er haben möchte und bestellt etwas für sich und hilft ihr bei der Auswahl.

Gertrud ist begeistert, noch nie ist sie zum Essen ausgegangen. Dass Kellner kommen und ihr das Essen servieren, ist ihr völlig neu. Sie genießt den Rotbarsch mit Bratkartoffeln, noch niemals hat sie etwas vergleichbar Leckeres gegessen.

Walter Gerdts sieht ihr gut gelaunt zu. Er ist bester Stimmung, sein Plan zur Verführung der jungen Frau nimmt Gestalt an. Er hat Wein spendiert, von dem sie beide nippen. Sie erfährt, dass er der Geschäftsführer der Bleifabrik in Barnkrug ist. „Wenn du möchtest, kann ich dir den Betrieb mal zeigen."

„Tatsächlich! Das könnte mir gefallen." Gertrud fühlt sich wie im siebten Himmel, gelegentlich taucht Klaus in ihren Gedanken auf und ein Gefühl der Trauer erfasst sie. Sie tröstet sich mit der Hoffnung, dass ihr neuer Galan eines Tages wieder verschwinden wird. Genauso plötzlich, wie er aufgetaucht ist. Vielleicht genügt es, wenn sie seine ganz sicher stattfindenden Annäherungsversuche abweisen wird.

„Gut, abgemacht. Ich sage Bescheid wenn es passt, dann machen wir eine Besichtigung." Walter Gerdts reibt sich innerlich die Hände. Diese Gertrud ist ein schönes und intelligentes Mädchen. Mit ihr kann er sich sehen lassen. Nicht so wie mit der Paula Steffens, die ist ganz brauchbar im Bett, dafür aber strohdumm. Die Begegnungen mit ihr wird er wohl demnächst beenden, mal sehen, wie es sich mit dieser Maus anlässt.

„Hast du auch irgendwie mit der Eisenbahn zu tun, oder ist es nur dein Vater?"

„Es ist nur mein Vater. Er ist Mitglied in der Kreisbahn-Kommission. Außerdem ist er Bürgermeister, dann kann er auf viele Dinge Einfluss nehmen. Warum fragst du?"

„Ach - nur so." Nachdenklich blickt sie auf ihren jetzt leeren Teller. Sie fragt sich, ob sich der Einfluss von Walter oder dessen Vater nachteilig auf die Beschäftigung von Klaus auswirken mag, falls sie sich nicht so willig zeigt, wie es sich Walter Gerdts offenbar vorstellt.

Nach einem netten Abend bringt er Gertrud zurück nach Freiburg. Vor der Tür zu dem Haus ihrer Eltern legt er seine Arme um sie und versucht, sie zu küssen.

Doch sie war darauf vorbereitet, sie dreht ihren Kopf beiseite, sodass sein Kuss lediglich ihre Wange trifft.

Beinahe hätte Walter nach ihrem Kinn gegriffen und es festgehalten, doch er will die nette Stimmung nicht zerstören und alles verderben. So brummt er nur unwillig und vertröstet sich auf später. Dinge werden umso begehrenswerter, wenn man auf sie warten muss, tröstet er sich. „Schlaf schön und träum von mir!", ruft er ihr zum Abschied zu.

Gertrud ist froh, dass der Abend so glimpflich abgelaufen ist. Walter Gerdts ist ein charmanter Unterhalter, die Atmosphäre war gut, die Speisen ebenfalls, sodass der Abend kein totaler Reinfall war. Immerzu musste sie an Klaus denken, der Gedanke an dessen liebes Wesen hat ihr Herz erwärmt.

Bei Walter Gerdts fehlt das total, er ist eiskalt und berechnend, auch wenn er das mit nettem Plauderton zu verbergen sucht.

***

Georg Koch, der Lokführer, und Klaus Wulff fahren heute wieder zusammen. Klaus ist wieder als Heizer eingeteilt worden, gelegentlich darf er auch als Lokführer tätig sein. Gerade haben sie die Station Hamelwörden hinter sich gelassen. Ihre schwere Lok von Orenstein & Koppel, es ist die ‚Vlotho‘, zieht heute einen Güterzug mit 42 Achsen.

Der Zug fährt mit etwa 30 Kilometern pro Stunde, Klaus muss nur gelegentlich Kohle mit der großen Schaufel ergänzen.

Georg Koch sieht zum Fenster hinaus, sein Blick ist nach vorne gerichtet, entlang der Straße. Die Schienen laufen hier, wie an beinahe der gesamten Strecke, parallel zur Fahrbahn. Vielleicht 200 Meter voraus fährt ein Bus. Es ist ein Fahrzeug der Peill Omnibus-Gesellschaft, diese sind von der Direktion der Kreisbahn angefordert worden, um sie bei dem Transport der Fahrgäste zu unterstützen.

Georg Koch grinst seinen Heizer an. „Was meinst du, Klaus? Wollen wir nicht einmal zeigen, dass unsere Lok diesen mickrigen Bussen gewachsen ist?“ Eine tief verwurzelte Abneigung gegen die lästige Konkurrenz ist ein zusätzlicher Anreiz, es diesen Blechbüchsen zu zeigen.

Klaus weiß sofort, was sein Lokführer meint, er grinst von einem Ohr zum anderen. „Klar, ich bin dabei.“ Er öffnet die Tür zur Feuerbüchse und legt schon mal zwei Schaufeln Kohle nach. Mit geübtem Blick erkennt er trotz der gleißenden Glut, wo die Kohle spärlicher liegt und nachgebessert werden muss. Wenn die Schaufel voll ist, fasst sie 50 Pfund Kohle. Es erfordert zwei kräftige Arme und Geschick, um in das schmale Loch der Feuerluke mit Schwung hinein zu treffen, damit die Kohle jede Ecke des Rostes erreicht.

Sein Blick geht zum Manometer - nicht, dass der Druck zu sehr steigt und am Ende noch das Sicherheitsventil abbläst. Doch der Zeiger steht auf zehn Atmosphären, da ist noch was drin.

Georgs Blick ist auf den Bus gerichtet, vorsichtig öffnet er den Dampfregler ein wenig mehr. Langsam, aber sicher verringert sich ihr Abstand zum Bus. „Sehr gut, Klaus!", ruft er seinem Heizer zu. „Nur weiter so!"

Wieder füllt Klaus eine Schaufel Kohle in die Feuerbüchse, heiße Glut lodert ihm bei jeder Öffnung der Luke entgegen, Schweiß tropft von seinem Gesicht. Sie werden es diesem Bus schon zeigen!

In Drochtersen muss der Bus halten, ihr Güterzug profitiert nicht davon, da die engen Kurven um das Hotel von Peter Bade herum nicht mehr als Schrittgeschwindigkeit zulassen. Laut schnaufend fährt ihr langer Zug zwischen den Häusern hindurch. Die Kurven sind so eng, dass die Schienen von einer Straßenseite zu anderen geführt sind.

Der Bus ist direkt vor ihnen, jetzt kommt ein langes, gerades Stück bis nach Ritsch. Der Druck im Kessel ist etwas unter der zulässigen Marke, Lokführer und Heizer blicken immer wieder auf den schwarzen Zeiger.

Die Lok rüttelt und zuckt, jede Bewegung der Schubstangen gibt einen Ruck durch das Fahrwerk im Takt der Kolben. Doch jetzt – ja! Sie fahren an dem Bus vorbei, grinsend sehen sie zu dem weißen Fahrzeug hinüber, das gegen ihre starke Lokomotive mit 24 Tonnen und dem langen Zug mit 21 Waggons sehr kümmerlich erscheint. Ihre Lok läuft 35 Kilometer die Stunde, das haben sie trotz des schweren Zuges geschafft. Bei der Einfahrt in Ritsch sind sie dem Bus 150 Meter voraus.

Georg und Klaus feixen, sie klopfen sich gegenseitig auf die Schultern, ihr Grinsen ist trotz des Rußes in den Gesichtern nicht zu übersehen.

Zwei Tage später bittet sie der Betriebsleiter, Ernst Schnick, zu sich in das Dienstgebäude am Freiburger Bahnhof.

„Nehmt Platz!", fordert er sie auf und mustert sie mit dunklen Augen.

Georg Koch und Klaus Wulff schwant nichts Gutes. Der Busfahrer hat sich ganz sicher über sie beschwert.

„Was habt ihr euch eigentlich dabei gedacht, ein Wettrennen mit dem Bus anzuzetteln?"

„Ja, wissen Sie, Herr Schnick, wir haben uns nichts dabei gedacht. Keinen Moment haben wir die zulässige Höchstgeschwindigkeit überschritten."

„War Ihnen nicht bewusst, dass Ihr unverantwortliches Verhalten Menschen hätte gefährden können? – nicht gerechnet das Risiko einer Beschädigung der Lok. Stellen Sie sich vor, sie wären verunglückt – wie hätten Sie das bezahlen wollen? Mit ihrem Lohn? Nein, das bliebe wieder bei der Bahn hängen." Er mustert sie mit finsterem Blick. „So das war's, dass ich so etwas nicht noch einmal erleben muss!"

Georg und Klaus sind entlassen, mit betrübtem Gesicht verlassen sie das Büro. Auf dem Flur grinsen sie wieder – es war ein prachtvolles Erlebnis, das war ihnen der Anschiss wert gewesen.

***

Gertrud ist von der Arbeit nach Hause gekommen und bereitet mit ihrem ältesten Bruder, Johannes, das Abendbrot vor.

Die Tür klappt, es ist der Vater, der nach schwerer Arbeit nach Hause kommt. Er ist Gleisarbeiter bei der Kreisbahn, eine sehr anstrengende Tätigkeit. Von morgens bis abends Arbeit mit Schaufel und Hacke, keine Maschine nimmt ihnen die körperliche Last ab. Acht Stunden am Tag, 44 Stunden die Woche.

Nach dem Abendbrot bittet er seine älteste Tochter zu sich. Sie setzen sich an den geschrubbten Holztisch in der Küche. „Gertrud, bist du noch mit diesem Heizer zusammen?"

„Er ist kein Heizer mehr", erwidert sie. „Er ist jetzt Lokführer." Sie fragt sich, was ihr der Vater mitteilen will, und weiß doch die Antwort schon. Des Vaters Blick lässt Probleme erwarten.

„Du weißt, wen ich meine!", poltert er. „Ich meine Klaus Wulff, triffst du ihn noch?"

Sie räuspert sich unwohl. „Ich sehe ihn vielleicht einmal in der Woche. Er holt mich mitunter an der Apotheke ab, dann sprechen wir ein paar Worte miteinander. Du weißt, sein unregelmäßiger Dienst ermöglicht ein Treffen nicht öfter."

„Lass es bitte ganz sein!"

„Wie bitte? Ganz sein lassen? Was ist passiert?"

„Mein Vorabeiter war bei mir. Er fragte mich, ob du dich noch mit Klaus Wulff triffst. Ich habe geantwortet, dass du ihn kaum siehst."

Gertruds Mut sinkt. „Hat er noch mehr gesagt?"

„Ja. Er blickte mich verärgert an und erwiderte: ‚Das ist gut so. Achte darauf, dass es so bleibt.'" Er blickt seine Tochter betrübt an. „Er wird von oben unter Druck gesetzt und er gibt den Druck an mich weiter. Ich fürchte, dass ich meine Arbeit verliere, wenn ihr nicht voneinander lasst."

Gertrud blickt betrübt zu Boden. Der Gedanke, Klaus nicht mehr sehen zu dürfen, bereitet ihr nahezu körperliche Schmerzen, ihr Herz krampft sich zusammen. „Aber Papa, das ist doch nicht richtig! Ich soll ja nicht nur von Klaus lassen, sondern zudem Walter zu Willen sein! Dieser Gerdts sieht mich zufällig und entscheidet, dass er mich haben will, wie ein Spielzeug! Und wenn er seinen Willen nicht bekommt, setzen sie dich auf die Straße!"

„Ich weiß, aber es geht nicht anders. Soll ich arbeitslos werden? Wer soll deine Geschwister ernähren?

Es ist leider so, dass nur die zusammenkommen und heiraten dürfen, die sich das leisten können. Arme Leute tun besser, was ihnen gesagt wird."

Gertrud kann nicht glauben, was ihr gerade passiert. Sie blickt ihren Vater an. Dann sagt sie leise: „Gut, aber nur um deinetwillen. Mir forderst du ein hartes Los ab."

Sie seufzt, steht auf und geht mit schwerem Herzen in das Mädchenzimmer. Dort lässt sich aufs Bett sinken. Die Tränen laufen, sie tupft sie mit der Bettdecke ab.

Paul Willmers sitzt noch lange am Tisch und fühlt sich hundeelend.

Mittwochabend, Gertrud verlässt wie üblich kurz nach halb sieben die Apotheke.

„Hallo! Mäuschen!" Leise ruft jemand nach ihr. Sie dreht sich zu der Stimme um. Klaus steht in der Toreinfahrt des Nachbarn – ihr Magen zieht sich schmerzhaft zusammen.

„Klaus! Was machst du hier?"

„Ich habe dich schon über eine Woche nicht mehr gesehen, was ist los mit dir?"

Sie nimmt Klaus' Hand und zieht ihn in die Hofeinfahrt neben der Apotheke. „Das weißt du doch, es geht um Walter Gerdts. Man hat meinem Vater klar gemacht, dass er dafür zu sorgen hat, dass ich dich nicht mehr treffe. Sollte er sich weigern, verliert er seine Arbeit." Sie legt einen Arm um ihn und lehnt ihren Kopf an seine Schulter. „Ich leide sehr darunter, das musst du mir glauben."

Er nickt und streicht ihr beruhigend den Arm. „Wir müssen stark bleiben, es kann ja nicht ewig dauern."

„Und wenn doch? Ist dir eigentlich klar, was das für mich bedeutet?" Sie blickt zu ihm hoch, ihre Augen sind schreckgeweitet.

„Ja…nein…am liebsten würde ich den Kerl mal tüchtig verprügeln, aber das ändert nichts an der Lage. Er hat das Geld und die Macht und wir müssen kuschen". Ihm bleibt nichts weiter, als sie an sich zu drücken.

Nur widerwillig löst sie sich aus seiner Umarmung und geht betrübt nach Hause.

Vor ihrem Haus parkt der Wagen, den sie inzwischen so gut kennt. Walter ist im Haus und will etwas von ihr.

Gertrud ist kaum über die Türschwelle getreten, da steht er schon vor ihr. „Hallo, meine Schöne. Ich habe dich schon vermisst. Hast du Lust, ein plattdeutsches Theaterstück anzusehen?"

„Ich weiß nicht. Ich bin in Gedanken noch nicht im Feierabend angekommen." Das stimmt, sie denkt an ihren Klaus, der jetzt alleine nach Hause geht. Es ist auch noch Arbeit in der Wohnung, die sie erledigen muss.

„Ach komm, das gefällt dir sicher. Ich habe mit deinem Vater gesprochen." Sie kann sich in etwa vorstellen, wie das abgelaufen ist. ‚Hör mal, ich will heute Abend mit Gertrud ausgehen, klar? Wenn sie nicht will, musst du sie überreden.'

„Also gut. Ich ziehe mir noch etwas anderes an. Einen Moment noch."

Während sie sich umzieht, sitzt Walter in der Stube und unterhält sich mit dem Vater.

Der sieht den wohlhabenden Mann schon als seinen Schwiegersohn, nicht ahnend, dass der keinen Gedanken an Heirat verschwendet.

Johannes kommt mit seinem Fahrrad nach Hause, er hat eben den letzten Botengang für den Apotheker erledigt. An der Straße steht das grau-grüne Auto, wie so oft in der letzten Zeit. Er weiß von dem Problem seiner Schwester, die so gar nichts von dem neuen Verehrer wissen will. Er kennt auch Klaus, ihren bisherigen Freund und weiß, dass sie nur ihn liebt.

Johannes sieht sich um, die Straße ist leer – jetzt aber fix! Er hat ein kleines Taschenmesser bei sich, eines der wenigen Dinge, die er sich von dem Lohn bei dem Apotheker gegönnt hat. Er bückt sich zum Rad hinunter, schraubt die Schutzkappe des Ventils ab, klappt den Korkenzieher heraus und drückt damit auf den kleinen Stift im Ventil. Erschrocken hält er inne, weil das Geräusch der austretenden Luft so laut ist. Doch – es muss sein! Eine heimliche Schadenfreude erfasst ihn und er drückt wieder auf den Stift. Das Zischen lässt allmählich nach, der Reifen wird sichtbar platt, das Auto neigt sich etwas zur Seite. Er sieht sich nochmals um und läuft zu seinem Fahrrad. Er stellt es in den Anbau am Hühnerstall – niemand hat etwas von seinem Schabernack bemerkt. Mit Herzklopfen betritt er das Haus durch die Hintertür.

Gerdts ist noch da, jetzt kommt seine Schwester in das Wohnzimmer und geht mit ihrem Verehrer vor die Tür. Johannes läuft zum Fenster, das auf die Straße zeigt und lugt durch die Gardine.

Seine Schwester steigt ein, dann geht dieser Kerl zur Fahrerseite hinüber. Er will offenbar einsteigen – er stockt und blickt auf das Rad. Abrupt richtet er sich auf und spricht mit Gertrud. Die steigt aus und geht um das Auto herum. Nun öffnet der Freund eine Klappe am hinteren Ende des Autos und holt eine Luftpumpe hervor. Schimpfend schließt er sie an das Ventil an und beginnt zu pumpen.

Johannes hat ganze Arbeit geleistet, der Schlauch ist völlig leer. Es sind viele Hübe mit der Pumpe notwendig, um einen akzeptablen Druck aufzubauen. Gerdts räumt die Pumpe fort, dann blickt er auf die Uhr. Johannes sieht ihn schimpfen, dann verabschiedet er sich von seiner Schwester, steigt in sein Auto und fährt davon.

Als seine Schwester hereinkommt, kann sich Johannes nur schwer ein Grinsen verkneifen.

Gertrud blickt ihn an. „Das bist du doch gewesen, oder?"
Er gibt sich ahnungslos. „Was meinst du?"

Gertrud lächelt. „Das war genau richtig. Aber bitte nicht wiederholen, beim nächsten Mal wird es ihm auffallen."

Nur wenige Tage später. Klaus hat Feierabend und geht die Bahnhofstraße in Richtung der Dienstwohnung, die er sich mit ein paar Kollegen teilt. Vor dem Bahnhof parkt ein Auto. Als er es erkennt, fühlt er einen Knoten im Bauch. Es ist Walter Gerdts' Wagen, offenbar ist er hier, um jemanden vom Bahnhof abzuholen. Wie unter einem Zwang lenkt Klaus seine Schritte dorthin, vielleicht kann er mit dem Mann reden – es wird nutzlos sein, trotzdem. Und richtig, dort steht eine Gruppe von Personen, die sich miteinander unterhalten. Zwei davon sind der Bürgermeister und dessen Sohn. Mit zunehmendem Zorn geht er auf die beiden zu.

„Herr Gerdts!", ruft er. Der Vater und der Sohn drehen sich beide um.

„Ja, hören Sie gerne beide zu. Was ich zu sagen habe, geht sie beide an. Ich finde es eine Unverschämtheit, dass Sie sich mit Hilfe Ihres Vaters den Weg zu meinem Mädchen ebnen. Freiwillig hätte sie sich nie mit Ihnen getroffen!" Wütend sieht er den Mann an, der auf dem besten Wege ist, ihm sein Mädchen zu entreißen.

„Ich weiß gar nicht, was Sie wollen. Sie hat sich eben gegen Sie entschieden!", tönt es genauso lautstark zurück.

„Sie sind ein Verbrecher! Verstecken sich hinter ihrem Vater, aber es geht nicht immer nach Ihrem Willen!" Klaus ist wütend, zornbebend hebt er eine Hand, zur Faust geballt.

„Nun ist es aber gut", mischt sich der Bürgermeister ein. „Überlegen Sie besser, was Sie hier anrichten. Ein Wort noch, und Sie können sich eine neue Arbeit suchen!"

Der Vater arbeitet also mit den gleichen Mitteln, wie sein Filius. Klaus schluckt, er fühlt sich zwar im Recht, aber er kann überhaupt nichts gegen Vater und Sohn ausrichten. Er beißt die Zähne zusammen, unterdrückt weitere Wutausbrüche und geht zu seiner Wohnung.

***

Etwa einmal im Monat trifft sich Walter Gerdts mit seiner jungen Geliebten. Es ist wieder im Dachgeschoss der Bleifabrik. Hinterher kleiden sich beide an.

„Was ist mit dir?", fragt er das dralle Mädchen. „Du wirkst heute so anders."

Paula druckst herum, sie hat etwas auf dem Herzen und weiß nicht, wie sie es loswerden kann. „Du wirst mir sicher böse sein, Walter", beginnt sie stockend.

„Nun sag schon, so schlimm kann es schon nicht sein", er versucht den Sanften hervorzukehren.

„Walter, ich glaube – ich bin schwanger."

Einen Moment herrscht Stille. Paula wartet das Donnerwetter ab, das sicher gleich über sie hereinbrechen wird. Walter ist einen Moment sprachlos, stockend verarbeitet sein Gehirn die Nachricht. Dann bricht es aus ihm heraus. „Du bist aber auch eine dumme Kuh! Konntest du nicht aufpassen?" Er springt auf und geht mit raschen Schritten in dem kleinen Raum umher, er grübelt an verschiedenen Möglichkeiten herum. Das Paula schwanger werden könnte, war nicht geplant.

„Aufpassen? Wie denn? Was können wir denn machen, Walter? Mein Vater schlägt mich tot, wenn er das erfährt. Was soll ich mit einem Kind? Ich muss für meine Geschwister und den Haushalt sorgen, ich habe gar keine Zeit dafür. Unser Haushaltsgeld ist ohnehin nicht ausreichend, wie sollen wir da ein weiteres Kind ernähren?"

Walter bleibt abrupt stehen. „Es kommt gar nicht in Frage, dass du das Kind bekommst, basta!"

Schüchtern wagt sie einen Einwand. „Könnten wir nicht vielleicht heiraten?"

„Bist du total bescheuert? Du bist noch minderjährig. Denke an meinen Ruf und meine Stellung, das kann nicht sein. Nein - das Kind muss weg, je eher, desto besser." Er nickt sich selbst zu. „Ja, so machen wir das. Ich werde mich darum kümmern, du hörst in der nächsten Woche von mir." Er blickt das Mädchen an, das mit gesenktem Kopf auf dem Bett sitzt. „Das ist fast schmerzlos, mach' dir keine Sorgen." Um das Mädchen macht er sich keine Gedanken, die hat er bald vergessen. Er denkt an seine Neueroberung, auf die muss er sich jetzt konzentrieren. Er muss ihr gegenüber bestimmter auftreten, bisher ist sie ihm zu steif und unwillig. Aber früher oder später wird sie nachgeben, Frauen wollen umworben werden, gut und schön, aber über kurz oder lang muss sie gehorchen.

Er geht voraus, die Treppe hinunter. Er wartet, bis Paula eingestiegen ist und bringt sie dann nach Hause.

Paula liegt noch lange wach. Die bevorstehende Abtreibung macht ihr Sorgen, wird es schmerzhaft sein? Dass sie ein werdendes Kind verliert, macht ihr in ihren jungen Jahren wenig Probleme. Sie weiß von ein paar Dienstmädchen, denen ist es auch nicht anders ergangen. Als Frau ist es so, die Männer haben das Sagen, es hat keinen Sinn, dagegen aufzubegehren, das ist der Lauf der Zeit.

Lina Gerstkamp

Eine Woche später, es ist Anfang Juni, trifft sich Walter Gerdts mit Paula am alten Hafen. „Hast du alles dabei?", fragt er.

„Ja", erwidert sie und hebt eine Tasche hoch. Sie enthält zusätzliches Unterzeug und ein paar Binden.

„Gut, steig ein, ich möchte keine Zeit verlieren. Hast du deinem Vater gesagt, dass du erst morgen wiederkommen wirst?"

„Ja. Er denkt, ich helfe einer Nachbarin, deren Mann bettlägerig ist."

Es sind wenige Minuten zu fahren. In der Straße Osterende, in Landesbrück-Oederquart, hat man ihm gesagt, wohnt eine Frau, die verbotene Abtreibungen durchführt. Neben dem Verkauf von verschiedenen Tinkturen und Kräutern ist es ihre Haupteinnahmequelle. Die Adresse von Lina Gerstkamp hat er von der Prostituierten aus Cuxhaven, die er gelegentlich besucht. Einmal muss er nach dem Weg fragen, dann hält er vor einem kleinen Häuschen. Es ist schief und wirkt, als könnte es der nächste Windstoß problemlos umpusten. Das Grundstück ist leidlich gepflegt, Kräuter wachsen hinter einem Windschutz aus Buchsbaum.

Die Bewohnerin des Hauses hat das Auto erwartet. Sie öffnet die Tür und geleitet das junge Mädchen hinein. „Lege dich schon mal auf das Bett, ich komme gleich dazu." Sie blickt Walter Gerdts an und hält die Hand auf.

Der legt ein paar Scheine hinein. „Ich entlohne sie reichlich, dafür müssen Sie mir unbedingtes Stillschweigen versprechen."

Die alte Frau nickt und schließt die Tür. Dann wendet sie sich zum Bett, auf dem die junge Frau liegt. „Du musst jetzt deinen Unterleib frei machen. Keine Sorge, es ist schnell vorbei. In welcher Woche bist du denn?"

Paula zögert. „Ich weiß nicht so genau, ich glaub', es ist die fünfte oder sechste."

„Gut, das sollte ohne Probleme über die Bühne gehen. Leg' dich zurück und schließe die Augen."

Walter Gerdts fährt nach Hause, morgen Vormittag wird er seine junge Gespielin wieder abholen.

Paula Steffens liegt auf dem Bett, die nackten Beine gespreizt. Sie blickt sich um, düster sieht es hier aus. Die Decken sind niedrig, Licht gibt es von je einer Petroleumlampe in den beiden einzigen Zimmern des Hauses. Die wenigen Möbel sind dunkel gebeizt, über dem alten Sofa hängt das Bild einer Kirche.

Eine der beiden Katzen wird von Lina Gerstkamp verscheucht, als sie mit einem Eimer heißen Wassers hereinkommt. Sie hat sich eine lange, dünne, am Ende gebogene Stange und eine lange Schere, ebenfalls mit gebogenen Enden, geholt, mit denen sie jetzt in Paula herumstochert, Paula fühlt den kalten Stahl. Auch jetzt hat sie noch keine Angst.

Doch plötzlich fängt sie an zu schreien, schrecklich und angsterfüllt.

***

Lina Gerstkamp sitzt im Dunkeln vor ihrer Hütte, sie raucht mit unruhigen Fingern eine Pfeife, die einen seltsamen Geruch verbreitet. Auf ihrer Schürze ist Blut, viel Blut. Noch nie ist ihr so etwas passiert. Es war nicht immer einfach gewesen, aber tot? Sie schüttelt den Kopf. Was soll jetzt werden? Was soll sie mit der Toten machen? Morgen früh wird der Vater des Kindes kommen, um sie zu holen. Was soll sie ihm sagen?

Sie klopft die Pfeife aus und geht schwermütig ins Haus. Eine halbe Stunde später kommt sie mit einer Schaufel wieder heraus. Hinter ihrer Hütte hebt sie schwer atmend ein Loch aus, 2 Meter lang und einen halben Meter tief – das ist nicht besonders tief, muss aber reichen. Die alte Frau zerrt das tote Mädchen zur Grube, lässt sie hineinplumpsen, deckt sie mit Erde ab und streut etwas Gras und Blätter darüber, nun ist kaum etwas zu erkennen.

Am nächsten Morgen hält Walter Gerdts mit seinem Auto vor der Kate. Er klopft an die Tür.

Lina Gerstkamp öffnet mit Trauermine.

„Was ist los? Wo ist Paula?", fragt der Mann.

„Kommen Sie herein und setzten Sie sich", fordert sie ihn auf.

Walter sieht sich um und nimmt dann widerstrebend auf einem der schmutzigen und wackligen Stühle Platz.

„Paula ist während der Abreibung verstorben." Leise, kaum verständlich, eröffnet sie ihm die schreckliche Nachricht.

„Sie ist tot?", stammelt er einen sinnlosen Satz.

Frau Gerstkamp nickt dazu und beginnt langsam, stockend zu erklären. „Plötzlich fing sie an, extrem stark zu bluten. Ich habe ein Blutgefäß getroffen oder es war vielleicht auch die Aussackung einer Ader, die ganz von selbst geplatzt ist."

„Eine was?"

„Es ist im Nachhinein egal, sie ist tot. Ich habe ihren Leichnam hinter meinem Haus vergraben."

Walter Gerdts sagt nichts, sein Gehirn arbeitet auf Hochtouren. Irgendwie ist es für das Mädchen Pech, er dagegen sieht gar nicht so schlecht dabei aus. „Weiß es noch jemand anderes?"

„Nein, ich bin ja nicht blöd, ich habe keinem davon erzählt."

„Das ist auch gut so, dabei soll es bleiben." Er steht auf, mit einem Mal hat er es eilig. Er blättert ein paar Scheine auf den Tisch. „Das ist für ihr Schweigen."

Dann ist er draußen. Er startet seinen Wagen und fährt, wie von Furien gehetzt, davon.

**

Alfred Steffens, Paulas Vater, ist aufgestanden. Seine Arbeit in der Ziegelei beginnt früh, um halb sieben muss er fort. Bevor er das Haus verlässt, wirft er einen Blick auf die Kinder in ihrem Zimmer. Sie schlafen noch. Wo ist eigentlich Paula? Sie muss sich um die Kinder kümmern, wenn er nicht da ist. Sie wird schon gleich kommen, vielleicht ist sie nur auf dem Plumpsklo hinter dem Haus.

Doch Paula bleibt verschwunden. Der älteste Sohn, Gottlieb, geht zur Nachbarin Frau Peters. Er klopft und wartet, bis geöffnet wird.

„Tante Elfriede, Paula ist nicht da. Kannst du uns helfen?"

Frau Peters sieht den Knirps mitleidig lächelnd an. „Komm doch mal rein und erzähl' mir das noch mal."

Der Kleine geht hinein und setzt sich schüchtern auf den angebotenen Stuhl. „Mein Vater ist zur Arbeit. Und als ich eben aufgewacht bin, war Paula nicht da. Sie schläft mit Emma in einem Bett, und Emma war alleine."

„Sie kommt sicher gleich wieder. Vielleicht ist sie zum Einkaufen."

„Vielleicht, aber das hat sie noch nie so früh gemacht. Sie bereitet immer zuerst Essen für uns."

„Weißt du was? Ich gebe dir etwas zum Essen mit. Wenn sie zum Mittag immer noch nicht da ist, kommst du wieder. Ist das in Ordnung?"

Der Kleine nickt, nimmt dankbar das angebotene Brot, einen Krug voll Milch und verschwindet.

Doch Paula taucht nicht wieder auf, am Mittag nicht und auch nicht zum Abendbrot. Alfred Steffens erfährt es erst, als er am Abend, leicht angetrunken, zu Hause eintrifft. Blitzartig ist sein vernebeltes Gehirn frei. „Habt ihr schon irgendwo gefragt?", wendet er sich an seinen ältesten, den 14jährigen Gottlieb.

Doch der schüttelt den Kopf. „Ich war nur bei Frau Peters."

„Wir müssen etwas tun, Paula muss gefunden werden. Geh du zu den Hauschildts, ich frage bei den Hesses."

Sie gehen beide los, doch ihre Fragen führen ins Leere, niemand hat Paula gesehen.

Am nächsten Morgen ist Alfred Steffens bei Ferdinand Giese, er ist der Polizist des Dorfes. Sein Büro befindet sich im Gebäude der Kreisverwaltung, direkt neben dem Gefängnis.

Der Beamte ist etwa fünfzig Jahre alt, er wendet sein immer etwas rötliches Gesicht seinem Kunden zu und streicht über seinen sorgfältig gestutzten Schnurrbart. „Nun setz dich erstmal und fang noch mal von vorne an."

„Meine Paula ist weg. Ganz plötzlich. Die Nachbarn wissen auch nicht mehr."

„Hm", er kratzt sich am Schnurrbart, um ihn anschließend wieder sorgfältig glattzustreichen. „Wann hast du sie zuletzt gesehen?"

„Gestern Abend, vielleicht um sechs Uhr. Sie wollte zu meiner Nachbarin Elisabeth Braack. Deren Mann ist bettlägerig, dort wollte sie helfen."

„Ist sie denn noch dort?"

„Sie wollte doch am Morgen wieder zurück sein, also, daran hab' ich noch nicht gedacht."

„Also, Alfred. Mach doch erst deine Arbeit, bevor du zu mir kommst."

Der ist einen Moment still. „Und wenn sie da nicht sein sollte, was mache ich dann?"

„Dann kommst du wieder. Ich werde dann im Rathaus ein Schriftstück aushängen, damit sich derjenige meldet, der etwas weiß."

„Und wenn dann auch nichts passiert? Du weißt, ich brauche sie, seit meine Frau nicht mehr ist. Sie ist die Einzige, die sich um meine Kinder kümmert."

„Gut, Alfred. Frag' du bei den Braacks und komm' dann wieder, wenn sie da nicht ist."

Doch Elfriede Braacks weiß von nichts. Im Gegenteil, es war auch nicht mit Paula abgesprochen, dass sie zu ihr kommen wollte.

Inzwischen hat das Fehlen des Mädchens seine Runde im Dorf gemacht. Jeder weiß Bescheid, hier ist sie nirgends. Der Büttel der Gemeinde, Kurt Dirks, der auch gleichzeitig der Gehilfe des Polizisten ist, ist inzwischen von Haus zu Haus gegangen und hat nach Paula Steffens gefragt.

Die jungen Detektive

Otto Suhr und Johannes Willmers sitzen wieder auf dem Dachboden von Otto. Dieses Mal gilt ihr Interesse nicht den Büchern, das verschwundene Mädchen beschäftigt ihre Phantasie.

„In Freiburg ist sie nicht, das ist mal amtlich", behauptet Johannes, der kräftigere von beiden. „Das sagt auch mein Onkel Kurt. Der muss das wissen, der hilft dem Polizisten."

„Klar. Sie hat Freiburg verlassen, wir wissen nur nicht wie, und vor allem - warum." Mit einem Mal huscht ein Leuchten über sein Gesicht. „Wir könnten deinem Onkel helfen, was meinst du?"

„Der schickt uns bloß weg, das kannst du glauben."

„Nein, wir müssen erst etwas herausfinden und ködern ihn damit."

„Aber wie machen wir das?" Johannes malt betrübt mit der Fußspitze Kringel in den Staub des Fußbodens.

Otto grübelt eine Weile. „Ich habe eine Idee. Wir müssen herauskriegen, was in Paula vorgegangen ist. Am besten ist, wir befragen ihre Geschwister."

Gesagt, getan. Die beiden holen ihre Fahrräder und radeln zu der Kate der Familie Steffens. Als sie klopfen, öffnet Elfriede Peters. „Hallo, ihr zwei. Wollt ihr helfen?"

„Na, ja. Wir wollten helfen, Paula zu finden. Zuerst wollten wir ihre Geschwister befragen", erklärt Otto ihr Vorhaben.

„Herr Giese war schon hier, der hat auch nichts erfahren."

Otto blickt seinen Freund an, dann wieder Frau Peters. „Vielleicht sagen sie uns mehr, als dem Polizisten."

„Gut, kommt rein. Es kann jedenfalls nicht schaden."

Gottlieb und Emma erledigen ihre Schulaufgaben. Der Junge rauft sich gerade die Haare über einer Rechenaufgabe, es ist ein verschachtelter Dreisatz. Otto hat das Problem sofort erkannt und erklärt dem Jungen verständlich, wie man solche Aufgaben löst. Dann kommt er zum Punkt. „Wir suchen auch Paula. Wisst ihr, ob sie in letzter Zeit anders war, als sonst? Es muss einen Grund geben, dass sie weg ist."

Emma sieht von ihrem Heft auf. „Ich habe sie letzte Woche zweimal am Morgen kotzen gehört, draußen auf dem Klo."

Johannes mustert seinen Freund. „Was kann das bedeuten? Ich kann mal Gertrud fragen, die kennt sich in Frauensachen besser aus."

„Ja, sehr gut." Er wendet sich an den Jungen. „Hast du noch etwas bemerkt? War sie häufiger weg?"

„Äh, nicht direkt. Sie hatte seit einem Vierteljahr eine Putzstelle, in Barnkrug in der Bleifabrik. Da hat sie dieser Gerdts immer mit seinem Auto hingefahren."

Otto sieht den Bruder mit großen Augen an. „Dieser arrogante Kerl hat deiner Schwester zu ihrer Putzstelle gefahren? Das kann ich kaum glauben, dass der das nur aus Nächstenliebe getan hat."

Gottlieb zuckt mit den Schultern. „Sie hätte auch die Kreisbahn nehmen können, das dauert nur länger."

Otto gibt seinem Freund ein Zeichen. „Komm, Johannes, ich glaube, wir wissen erstmal genug."

Draußen auf der Straße reden die Jungen aufgeregt miteinander. „Damit müssen wir zu deinem Onkel. Paula war übel und außerdem hat sich dieser blöde Sohn von dem Bürgermeister auffällig um sie gekümmert", redet Otto auf seinen Freund ein. „Du fragst mal deine Schwester, was es mit dem morgendlichen Kotzen auf sich haben kann." Er fasst sich an den Kopf. „Kann es sein, dass Paula schwanger war?"

„Du meinst, sie hat ein Kind erwartet?", fragt Johannes erstaunt. Doch dann kann er Ottos Gedankengängen folgen. „Der blöde Gerdts war der Vater!" Doch sofort verlässt ihn seine Euphorie wieder. „Paula ist doch erst 17, und außerdem …" Er kratzt sich am Kopf.

„Doch, bestimmt. Es gibt einige Geschichten von Dienstmädchen, die von ihren Herren, also von dem Mann, dem der Haushalt gehörte, schwanger wurden, die waren zum Teil noch jünger."

Johannes stößt kräftig die Luft aus. „Puuh! Wenn ich das Onkel Kurt erzähle!"

„Weißt du was? Wir fahren sofort zur Polizei, wir müssen dem Wachtmeister von unserer Theorie erzählen." Otto eilt zu seinem Fahrrad und schwingt sich auf den Sattel.

Polizist Giese wollte gerade sein Büro verlassen, als die Jungen angestürmt kommen. „Herr Wachtmeister, einen Moment!"

Der dreht sich überrascht um und blickt die beiden Jungen skeptisch an. „Was habt ihr denn so Wichtiges?"

„Es ist wegen Paula, ich meine Paula Steffens!", ruft Johannes. „Wir haben ein paar Ideen, was ihr passiert sein könnte."

„So?" Er sieht die Jungen mit einem Lächeln an „Was habt ihr denn für Ideen?"

„Wir glauben, dass sie schwanger ist", beginnt Otto.

„Und dass Walter Gerdts der Vater ist", fügt Johannes aufgeregt hinzu.

Wachtmeister Giese zieht überrascht die Augenbrauen hoch und zwirbelt seinen Schnurrbart, ein Zeichen dafür, das er höchst erstaunt ist. „Schreit hier nicht so rum!" Er sieht sich um, ob vielleicht jemand diese unerhörte Bemerkung mitgekommen hat. „Das ist ja eine ganz seltsame Idee, das müsst ihr mir in meiner Amtsstube mal in aller Ruhe erzählen."

Er schließt sein Büro auf und bittet die Jungen hinein. Er setzt seinen Tschako ab, legt ihn auf den Schreibtisch und kratzt sich am Kopf. „So, nun erzählt mal, immer schön der Reihe nach."

Johannes sieht seinen Freund an. „Fang du an, du kannst das besser."

Otto hat sich schon alles zurechtgelegt. „Wir glauben, dass Paula schwanger war. Ihre Schwester Emma hat gehört, dass sie sich mindestens zweimal morgens auf dem Klo übergeben hat."

„Hm", Polizist Giese sieht ihn skeptisch an. „Dass sie sich übergeben hat, kann alle möglichen Gründe haben."

Doch Otto ist nicht auf den Kopf gefallen. „Das stimmt, man muss es aber im Zusammenhang sehen. Denn sie ist jetzt fort, das hängt bestimmt damit zusammen."

Der Wachtmeister zieht eine Schublade am Schreibtisch auf, holt ein Heft heraus und blättert darin. „Hier sind die Notizen von der Befragung durch deinen Onkel, Hilfspolizist Kurt Dirks. Danach hat er nur Alfred Steffens verhört, der hat nichts davon erzählt."

Jetzt grinst Johannes. „Man muss eben die Richtigen fragen, der Vater hat doch überhaupt nichts mitbekommen."

„So, so." Ferdinand Giese mustert seine beiden Zeugen aufmerksam. „Ihm ist also auch entgangen, dass Walter Gerdts seine Tochter zu dieser Putzstelle gebracht hat?"

„Klar", erwidert Otto. „Dieser Gerdts macht doch nichts, wenn er keinen Vorteil davon hat. Irgendwie steckt er da mit drin."

Insgeheim muss der Wachtmeister lächeln, die Jungen kennen die Bewohner des Fleckens fast noch besser als er selbst. „Mag sein, aber das ist lediglich eine Vermutung. Sprecht bitte außer mit mir oder vielleicht mit deinem Onkel vorerst mit niemandem darüber."

„Klar, wir passen auf. Wie geht es jetzt weiter?", möchte jetzt Johannes wissen.

„Ich werde Walter Gerdts nochmals befragen. Wenn ihr recht habt, dann müsste er wissen, wo das Mädchen ist."

Otto zieht die Stirn kraus. „Ich glaube nicht, dass er Ihnen etwas sagt. Ob Sie nun Polizist sind, oder nicht."

„Das werden wir ja sehen!" Der Wachtmeister reckt sich, um zu verdeutlichen, dass er hier die Amtsperson ist.

Draußen vor der Tür sprechen die Jungen leise miteinander. „Ich denke, er hat uns geglaubt, oder was meinst du?"

Johannes nickt. „Ja. Ich glaube aber, dass dieser Gerdts ihm nichts sagen wird."

Otto senkt die Stimme: „Ja Herr Wachtmeister, die Paula ist von mir schwanger und deshalb habe ich sie weggeschafft."

Sein Freund lacht. „Genau. Der wäre schön doof, etwas zuzugeben, was man ihm nicht beweisen kann", erwidert er. „Ich fürchte, wir müssen alleine weitermachen."

„Aber wie?", Johannes vertraut ganz auf den Einfallsreichtum seines Freundes.

„Zuerst befragst du deine Schwester, wegen dieser Kotzerei von der Paula. Vielleicht hat sie eine Idee, was es sein könnte, ich meine außer schwanger zu sein. Vielleicht ist sie weggebracht worden, damit keiner ihren dicken Bauch bemerkt."

„Ich könnte den Apotheker befragen, den sehe ich morgen sowieso."

„Ja gut, das ist noch besser." Sie steigen auf ihre Fahrräder und radeln zufrieden und voller Tatendrang nach Hause.

Gertrud sieht ihren Bruder überrascht an, als er ihr von Ottos Theorie erzählt. „Das kann alles Mögliche sein, ich glaube aber, dass dein Freund gar nicht so falsch liegt. Könnte euch das weiter helfen?"

„So direkt noch nicht. Die Frage ist, was das für Auswirkungen für Paula haben könnte."

„Hm", Gertrud überlegt. „Einen Schwangerschaftsabbruch halte ich für denkbar. Ihr glaubt, Walter Gerdts könnte der Vater sein?"

„Ja, er war auffallend oft bei den Steffens, um sie abzuholen."

Sie denkt sofort daran, was das für Konsequenzen für sie haben könnte. Wenn Walter tatsächlich der Vater wäre, bedeutet das, dass er sich neben ihr auch noch mit Paula getroffen hat - und dieses Mädchen hat er sicher nicht zum

Essen ausgeführt. Dieses Schwein! Wenn das stimmt, dann hat sie einen perfekten Grund, sich von ihm zu trennen und sich endlich wieder mit Klaus treffen zu können. Sie räuspert sich. „Hältst du mich bitte auf dem Laufenden? Ich muss wissen, wie das weitergeht."

Am nächsten Tag am Nachmittag, betritt Johannes die Apotheke. Er geht dort jeden Tag hin, um Medikamente auszufahren.

„Herr Gärtner, ich habe eine Frage. Ich glaube, dass Sie einer der wenigen sind, die mir dabei helfen können."

„Ach, tatsächlich! Wobei kann ich denn helfen?"

„Es geht um die verschwundene Paula. Otto und ich denken, dass sie äh...ein Baby...also, dass sie schwanger ist. Sie hat morgens oft gekot... sich übergeben. Worum es uns jetzt geht, ist die Frage, was das mit ihrem Verschwinden zu tun haben könnte."

Gertrud Willmers kommt dazu und folgt dem Gespräch zwischen ihrem Bruder und ihrem Chef.

Der überlegt einen Moment, dann erhellt sich sein Gesicht. „Es könnte sein, dass Paula zu jemandem gebracht worden ist, der ihr aus der Patsche helfen sollte."

„Aus der Patsche?", fragt Johannes.

„Eigentlich bist du zu jung, um solche Dinge mit dir zu besprechen, aber ihr habt nun schon einiges erfahren..." Er räuspert sich. „Also schön. Für so ein Mädchen wie Paula ist es nicht gut, ein Kind zu erwarten. Sie ist zu jung, nicht verheiratet und für die Familie ist es, naja, eine Schande. Meist kommt dann der unabsichtliche Vater des Babys auf die Idee, die Schwangerschaft, nun ja, rückgängig zu machen, verstehst du? Denn auch für den Mann kann es eine Menge Ärger bedeuten, wenn er eine Minderjährige… äh… du weißt schon." Der Apotheker atmet erschöpft aus. „Diesen Vorgang nennt man Abtreibung. So heißt es, wenn das ungeborene Kind im Fötus-Stadium entfernt wird."

Johannes starrt den Apotheker an. „Das ist möglich?"

„Ja, das ist natürlich streng verboten, wird aber trotzdem gemacht."

„Wo könnte Paula denn deswegen sein?"

Der Apotheker kratzt sich am Kopf. „Es gibt ein paar Adressen, die werden unter der Hand weiter gegeben. Weißt du was? Ich werde heute Abend mit dem Doktor darüber sprechen. Ich bin sicher, ich kann dir dann mehr erzählen."

„Vielen Dank, Herr Gärtner!" Johannes eilt nach draußen, er muss jetzt unbedingt seinem Freund davon erzählen. Schwangerschaftsabbruch – was es alles gibt!

Otto Suhr ist nicht so erstaunt, wie er erwartet hatte. Er weiß eben doch mehr, als die meisten - als alle Jungen sowieso. „Sehr interessant. Wichtig ist jetzt, wer dafür in Frage kommt. Denn dort müssen wir unsere Nachforschungen fortsetzen."

Am nächsten Nachmittag fahren Johannes und Otto mit ihren Fahrrädern zur Apotheke. Es ist jemand vor ihnen an der Reihe, sie müssen warten. Gertrud kommt zu ihnen und schenkt jedem einen Hustenbonbon. „Na, ihr zwei? Kommt ihr voran?"

Sie nicken eifrig und lutschen die Leckerei.

Dann ist der Apotheker soweit. Er hat etwas für sie. „Jungs, ich habe mich mit Doktor Hellwege beraten. Wir

sind beide der Meinung, dass Paula, wenn sie eine Abtreibung vornehmen lassen wollte, am wahrscheinlichsten zu
Lina Gerstkamp in Osterende gebracht worden ist. Das ist
nicht weit weg und sie ist landläufig bekannt. Er blickt die
beiden sehr ernsthaft an. „Macht das nicht alleine, überlasst
es der Polizei. Ihr seid zwei zehnjährige Jungen und solltet
mit solchen Sachen gar nichts zu tun haben."

„Ja, gut, abgemacht. Wo in Osterende wohnt die Frau
denn?", möchte Otto wissen.

„Hm, das ist schlecht zu erklären. Passt auf, ich mache
eine Zeichnung." Er holt einen Zettel aus einer der vielen
Schubladen des Tresens und malt mit einem Bleistift darauf
herum. „Seht ihr, Osterende ist ein kleiner Ort, durch den
die Straße von Landesbrück nach Oederquart führt. Vor
dem Hof von dem Landwirt Heinbockel führt ein schmaler
Weg ins Moor. Wenn ich es recht erinnere, ist das Haus der
Lina Gerstkamp das letzte von drei Häusern, die sich dort
befinden."

„Vielen Dank, wir geben es weiter!", ruft Johannes, dann
laufen sie nach draußen. Dort gucken sie beide auf die
Skizze.

„Sollten wir das nicht besser der Polizei überlassen?" Johannes ist nicht wohl dabei, so etwas Heikles selbst zu untersuchen.

„Ach was. Sei kein Frosch. Dann wird das nie was", entgegnet Otto im Brustton der Überzeugung. „Das finden wir,
bestimmt." Er ist sich sicher.

„Wie kommen wir denn dorthin?", fragt Johannes.

„Mit den Fahrrädern, das sind etwa zwei Kilometer zu fahren." Dann grinst Otto. „Wir könnten auch mit der Kreisbahn mitfahren, als blinde Passagiere!"

Johannes sperrt Mund und Nase auf. Was Otto immer für tolle Einfälle hat! „Wie meinst du das denn?"

„Ganz einfach. Wir nehmen den Güterzug. Der fährt ein paar Mal am Tag. Wenn er langsam fährt, springen wir auf. Wir müssen nur aufpassen, dass uns keiner dabei sieht."

Johannes schluckt. Wie Otto das erklärt, scheint es alles ganz einfach. „Gut, ich bin dabei." Er will auf keinen Fall als Hasenfuß dastehen.

***

Am nächsten Tag ist der Gehilfe des Polizisten in dessen Büro.

„Kurt, wir müssen diesen Gerdts noch befragen. Der hat offenbar auffallend häufig mit Paula Steffens zu tun gehabt, dazu müssen wir ihn einbestellen."

„Ich hab' den schon befragt. Er war ein bisschen von oben herab und hat gesagt, das würde nicht stimmen, da wolle ihm jemand etwas anhängen."

„Das kann ich mir vorstellen. Es gibt aber inzwischen Zeugenaussagen, die ganz anders lauten. Sieh' mal zu, dass du ihn hierher beordern kannst. Ach ja", über sein Gesicht huscht ein Lächeln. „Geh' doch mal zum Drogisten und frage ihn, ob er heute Nachmittag mal mit seiner Kamera herkommen kann."

„Zu dem Klöfkorn? Was willst du denn von dem?"

„Das wirst du schon sehen. Alle denken, wir hier auf dem Land, fernab der Welt, sind hinter der Zeit zurück.

Aber denen werden wir es zeigen!" Er lehnt sich in seinem Stuhl zurück und freut sich über seine Idee.

Am Nachmittag parkt der graugrüne Adler vor der Kreisverwaltung. Walter Gerdts sitzt im Büro des Polizisten, flankiert von ihm Staatsdiener in seiner blauen Uniform und dessen Helfer. Er ist ungehalten. „Was wollen Sie denn nun noch? Ich habe Ihnen doch schon alles gesagt!", ereifert er sich.

Doch Wachtmeister Giese lässt sich davon nicht beeindrucken. „Sie haben uns offenbar nicht alles gesagt. Uns haben glaubhafte Zeugen versichert, dass sie Paula Steffens etwa einmal in der Woche zu ihrer Bleifabrik in Barnkrug gebracht haben und auch wieder zurück. Erklären Sie das bitte!"

Walter Gerdts ist stinksauer. Woher weiß das überhaupt jemand, dazu noch dieser Dorfpolizist? „Ich bin der Geschäftsführer der Niederlassung von Haendler und Natermann. In dieser Eigenschaft habe ich dem jungen Mädchen die Putzstelle vermittelt. Das ist ohnehin mein täglicher Arbeitsweg, deshalb habe ich sie der Einfachheit halber mitgenommen." Das Paula Steffens dort nur zum Schein geputzt hat, kann keiner wissen, er wird den Teufel tun und es zugeben.

Es klopft jemand an der Tür. Es ist der Drogist Claus Klöfkorn. Er führt seine Drogerie zusammen mit seiner Frau. Sein Hobby ist das Fotografieren, das kann er gut mit seinem Beruf verbinden. Sein Angebot an Filmen und Fotozubehör hat schon manchen Interessenten aus der weiteren Umgebung nach Freiburg gelockt. Über der Schulter trägt er ein hölzernes Stativ, auf dem eine Leica I, sein ganzer Stolz, befestigt ist. „Da bin ich, Sie hatten nach mir geschickt?" Er stellt das Stativ mit dem Fotoapparat auf den Boden.

„Sehr schön, Herr Klöfkorn. Kommen Sie bitte ans Fenster." Der Polizist und der Drogist gehen zum Fenster und sehen auf die Straße.

„Sehen Sie das Auto dort draußen? Können Sie mir ein schönes Foto davon herstellen?"

„Klar. Welches Format soll es denn sein?"

„Am besten scheint mir Postkartengröße. Vielleicht gleich ein paar Abzüge, ich möchte sie herumzeigen."

„Kein Problem. Ich fange sofort an, dann kann ich Ihnen die Bilder morgen bringen."

„Herr Klöfkorn, ich werde Sie weiterempfehlen. Bringen Sie die Rechnung für ihre Mühe mit, die werde ich von meinem Budget begleichen."

Der Drogist ist kaum draußen, da hält es den Gerdts nicht länger. „Was soll das denn? Ich werde hier behandelt wie ein Verbrecher!"

„Da Sie nicht freiwillig aussagen, müssen wir so vorgehen. Ich werde meinen Gehilfen bitten, die Bilder herumzuzeigen, damit wir wissen, wo Sie am Tag des Verschwindens von Paula Steffens gewesen sind."

Walter Gerdts spring entrüstet auf, beinahe wäre der Stuhl umgefallen. „Ich werde mich über Sie beschweren! Das lasse ich mir nicht gefallen!" Er wendet sich zur Tür und ist in wenigen Sekunden verschwunden.

„Fällt dir was auf, Kurt? Wenn er schuldlos wäre, würde er nicht so ein Theater machen. Ich sage dir, der Mann verbirgt etwas."

„Das scheint mir auch so. Wo soll ich die Bilder von dem Auto denn herumzeigen?"

„Mal sehen. Wir müssen herausfinden, ob Paula Steffens in dem Auto gesehen wurde. Frage am besten in den Richtungen, die nicht nach Barnkrug führen, also nach Landesbrück und Balje. Nach Barnkrug ist sie offenbar von diesem Kerl regelmäßig gebracht worden."

„Mach ich, Chef. Sobald ich die Bilder habe, schwinge ich mich auf mein Fahrrad und sause los."

***

Am nächsten Tag machen sich die Jungen auf den Weg. Es ist Nachmittag, am Vormittag waren sie in der Schule. Sie gehen zu Fuß zum Freiburger Bahnhof.

„Wir warten, bis ein Güterzug in Richtung Stade fährt", erklärt Otto seinem Freund. Wenn keiner guckt, springen wir auf den langsam fahrenden Zug auf."

„Und wenn einer von uns nicht mitkommt?", sorgt sich Johannes.

„Mach dir darüber keine Sorgen, der Zug fährt hier bloß mit Schrittgeschwindigkeit, das schaffen wir leicht."

Sie stellen sich an der Schmalseite des Bahnhofes in Richtung Stade auf. Immer wieder sehen sie am Gebäude vorbei, ob nicht endlich ein Zug kommt.

Doch jetzt ist es soweit. In der Ferne ist die grauschwarze Rauchwolke zu sehen. Als sich der Zug nähert, ist er auch zu hören, das typische Auspuffgeräusch aus dem Schornstein ist unverkennbar.

„Bist du bereit?", flüstert Otto.

„Klar!", antwortet Johannes, er spannt schon mal die Muskeln, um gleich wie der Blitz loslaufen zu können.

Mit viel Lärm fährt die Lokomotive an ihnen vorbei, aus dem Schornstein pufft es betäubend laut, das Gestänge klappert, die Räder knirschen auf den Schienen. Der Lok folgen vier Waggons, einer zum Transport für Vieh, sowie drei geschlossene Gepäckwagen. Der eine davon scheint leer zu sein, die Schiebetür ist offen.

Aufgeregt zeigt Otto auf den leeren Wagon. „Mensch, Johannes. Dort werden wir einsteigen. Bist du bereit?"

Johannes nickt, er hat ein wenig Bammel, auf der anderen Seite lockt ihn das Abenteuer.

Jetzt ist es soweit, die Jungen laufen ein kurzes Stück neben dem Zug her, greifen nach der Haltestange neben der Tür und ziehen sich daran hoch. Sie sind drin! Erleichtert lassen sie sich auf dem Boden nieder.

„Siehst du, es war ganz einfach", kommentiert Otto.

Johannes ist aufgeregt, mit klopfendem Herzen sieht er hinaus. Inzwischen ist der Zug schneller geworden, mit laut klappernden Rädern fährt er durch die Felder und Wiesen, einen Steinwurf von der Landstraße entfernt. Dampfwolken ziehen vorbei, ein Geruch nach Rauch und Kohle dringt herein. Der Wagen schüttelt und vibriert, die Räder erzeugen einen ohrenbetäubenden Lärm.

Nach ein paar Minuten haben sie die Station Landesbrück erreicht. Der Zug verringert wegen der Kreuzung mit der Straße und der engen Kurve die Geschwindigkeit.

„Jetzt!", ruft Otto seinem Freund zu.

Johannes ist schon bereit. Sie springen beide auf das sandige Gleisbett, laufen noch einige Schritte und grinsen sich an.

„Das ging besser, als ich gedacht habe", bemerkt Johannes und atmet noch heftig wegen der Anstrengung.

„Sag ich doch", erwidert sein Freund. Er greift in seine Hosentasche und holt den Zettel des Apothekers heraus. Er blickt darauf und sieht sich dann aufmerksam um, schließlich zeigt er in westliche Richtung. „Da müssen wir lang!"

Eifrig, voller Tatendrang gehen die Jungen die Straße hinunter. Sie besteht wie praktisch alle Straßen aus Schotter und Sand. Furchen sind von den Rädern der mit Pferden gezogenen Wagen in den Boden gegraben worden. Sie erreichen den Hof von dem Bauern Heinbockel, es ist ein Fachwerkhaus mit einem Reet-gedeckten Dach. Ein Scheune erhebt sich hinter dem Haupthaus, Hühner laufen auf dem Hof umher. Ein schwarzer Hund erhebt sich schwerfällig und läuft auf die Jungen zu, bleibt dann am Rande des Hofes stehen.

Die beiden biegen in den Weg ein, an dessen Ende Lina Gerstkamp wohnen soll. Otto zieht wieder die Skizze hervor und blickt darauf. „Gleich sollten wir da sein."

„Was fragen wir denn?" Johannes sorgt sich zum wiederholten Male, ob sie ihre Aufgabe erfüllen können.

„Wir müssen ganz harmlos anfangen. Denn wenn da was nicht stimmt, wird die Frau, wenn wir zu direkt fragen, uns kurzerhand vor die Tür setzen."

Schließlich stehen sie vor einer kleinen Kate, die von einem leidlich gepflegten Garten umgeben ist. Nur wenige

Schritte weiter mündet der Weg in ein Moor, die hell leuchtenden Büschel des Wollgrases sind schon von weitem zu erkennen.

Das Haus wirkt einsam, niemand ist zu sehen. Sollten Sie ganz umsonst hergekommen sein? Otto und Johannes streifen um das kleine Haus. Sie gehen durch den Kräutergarten und zwischen den Sträuchern hindurch.

„Was suchen wir denn eigentlich?", fragt Johannes.

„Das werden wir wissen, wenn wir es gefunden haben. Was meinst du, wie viele Verbrechen nur durch Zufall aufgeklärt werden!"

„Ob wir mal gucken, ob die Tür offen ist?", fragt Johannes.

„Machen wir", erwidert Otto und durchmisst weiter den Garten, den Blick auf dem Boden gerichtet. „He Otto, guck mal!"

Sofort kommt sein Freund angestürzt, „Was? Wo?", fragt er aufgeregt.

„Na, hier neben dem Komposthaufen...'ne Schubkarre und eine Schaufel, beides voller Erde!"

„Sieh mal an! Das ist interessant. Ich sag dir, die alte Dame hat hier was vergraben."

„Können alte Damen das? Ich mein, so schwere Arbeit? Meine Oma könnte das nicht."

„Wir wissen ja nicht, wie alt sie denn genau ist. Vielleicht ist sie harte Arbeit gewohnt, hier im Garten und so. Wir müssen den nochmal absuchen!"

„Also gut." Johannes ist skeptisch.

Otto geht jetzt systematisch den Boden ab. Alle Beete und die Fläche um die Bäume und Sträucher. Plötzlich bleibt er stehen, er blickt auf den Boden hinunter. „Was ist denn das hier?"

„Was meinst du?", will Johannes wissen.

„Der Boden ist hier ganz weich." Otto geht in die Hocke und besieht sich das Stück Erde aus der Nähe. „Hier ist vor ein paar Tagen gebuddelt worden, das wette ich."

Johannes tritt ebenfalls auf den weichen Boden. Die frisch zugeschüttete Stelle ist etwa zwei Meter lang und knapp einen Meter breit, es liegen Blätter und Gras darauf. Mit einem Satz springt Otto beiseite. „Das ist ja gruselig! Es sieht aus, als wäre hier jemand begraben worden", flüstert er.

„Ich wette, ich weiß auch, wer da liegt", ergänzt sein Freund.

„Lass uns verschwinden, bevor noch jemand kommt. Wir sagen der Polizei Bescheid, die wird sich das bestimmt ansehen wollen."

Schweigend gehen sie zur Straße zurück. Auf dem Hof an der Einmündung liegt immer noch der Hund und sieht ihnen hinterher. Ein Mann kommt mit einer Mistgabel aus der Scheune, es ist entweder der Bauer oder der Knecht.

Otto bleibt stehen und spricht ihn an. „Wir suchen eine Bekannte von uns, ein Mädchen mit Namen Paula. Haben Sie vielleicht etwas gesehen? Es könnte sein, dass sie zu ihrer Nachbarin, Frau Gerstkamp wollte."

Der Mann stützt sich auf den Stiel der Mistgabel. Die Ärmel seines Hemdes sind nach oben gerollt und enthüllen zwei kräftige, braungebrannte Arme. „Die alte Hexe meint ihr? Da gehen nur selten Leute hin. Meine Frau sucht sie manchmal auf und kauft Tee bei ihr." Er kratzt sich am

Kopf, ein Halm Stroh sieht aus der wilden Haarpracht hervor. „Vor 'ner Woche, oder so, ist hier ein Auto rausgekommen. Ein Modell Adler, glaube ich, ich kenne mich da aber nicht aus. Der ist wie ein Bekloppter gefahren. Ich kann mich daran erinnern, weil er so viel Staub aufgewirbelt hatte. Da fährt eigentlich nie einer."

„Ist das Auto zu dem Haus hin, oder von da weggefahren?", fragt Otto.

„Von da weg! Wie ein Bekloppter, sag ich euch!"

Die beiden Jungen hören gespannt zu. Das ist genau das, was sie wissen wollten. „Konnten Sie den Fahrer erkennen?", fragt Johannes.

„Nein, dafür war das Auto zu weit weg. Es saß nur der Fahrer darin, das konnte ich sehen."

Die Jungen bedanken sich höflich und gehen weiter in Richtung der Gleise der Kreisbahn. Als sie nicht mehr in Sichtweite des Hofes sind, jubeln sie vor Aufregung. „Ja, wir sind die Größten!", rufen sie und hopsen übermütig herum. „Das soll uns erst mal jemand nachmachen."

Dann wird Otto ernst. „Die arme Paula. Stell dir mal vor, was sie durchgemacht hat!"

Johannes nickt. „Ich darf gar nicht daran denken."

Es ist fast Abend, als sie den Bahnhof Landesbrück erreichen. Still liegt er da in der sinkenden Sonne. Kein Geräusch ist zu hören, die Gegend scheint wie ausgestorben.

„Wann kommt eigentlich die Bahn?", fragt Johannes.

„Hm. Für die Personenzüge gibt es einen Fahrplan. Das hilft uns nicht, weil wir ohnehin keine Karte kaufen können. Die Güterzüge haben bestimmt auch einen Plan, der ist aber außerhalb der Bahn niemandem bekannt." Otto blickt missmutig zu der tiefstehenden Sonne. „Wenn nicht bald ein Zug kommt, müssen wir wohl zu Fuß gehen."

Es bleibt ihnen nichts anderes übrig, der Weg nach Freiburg ist nicht weit, reichlich zwei Kilometer. Sie beschließen, am nächsten Tag zur Polizei zu gehen, und ihnen von ihrer Beobachtung zu erzählen. Was Herr Giese wohl sagen wird, dass sie alleine zum Haus von Frau Gerstkamp unterwegs waren?

Erst am folgenden Nachmittag haben Otto und Johannes Gelegenheit, ihre Beobachtungen bei der Polizei anzugeben. Aufgeregt betreten sie die Amtsstube. Wachtmeister Giese legt eine Notiz beiseite und blickt die beiden wohlwollend über den Rand seiner Brille an. „Da sind ja meine Hilfspolizisten. Was führt euch denn heute hierher?"

Otto beginnt. Er berichtet von der frisch aufgegrabenen Stelle im Garten der Lina Gerstkamp, das so auffällig einem Grab ähnelt, und von der Schaufel und der Schubkarre.

„Ja, und der Bauer Heinbockel, der sagte uns, dass er ein Auto gesehen hat, genauso wie das von dem Gerdts", sagt Johannes atemlos.

„Ja! Und zwar am Morgen nach ihrem Verschwinden!", ergänzt Otto.

Ferdinand Giese ist ehrlich überrascht, er macht sich sofort einige Notizen. „Schade, dass dein Onkel schon unterwegs nach Esch ist, ich erwarte ihn erst am Abend zurück. Dem müssen und werden wir nachgehen." Er blickt die beiden mit ernster Miene an. „Das war sehr gut, auch mutig,

wenn nicht riskant. Ich erinnere mich dunkel, dass wir abgemacht hatten, dass ihr euch nicht alleine auf die Socken
macht, oder? Ab sofort macht ihr diese Untersuchungen
nicht mehr auf eigene Faust. Ist das klar?"

„Ja, Herr Wachtmeister!" Einen Moment blicken sie de-
mütig zu Boden, dann stürzen sie davon. Auf dem Gehweg
gibt es zuerst eine Lagebesprechung. „Er hat uns das alles
geglaubt!", ruft Johannes begeistert.

„Ja, genau. Ich werde nachher meinen Onkel Kurt aufsuchen und ihn fragen, wie er weitermachen will."

„Ja!" Sehr gute Idee!" Sehr zufrieden fahren sie mit ihren
Fahrrädern nach Hause.

***

Der Gemeindearbeiter Kurt Dirks wohnt in einem kleinen Häuschen an der Deichreihe. Er hat eine Frau und drei
Kinder, die Cousins und Cousinen von Johannes.

„Komm doch rein!", fordert ihn seine Tante auf. „Nett,
dass du mal hereinsiehst." Sie führt Johannes in die Stube,
ein kleiner Raum, der zur Hälfte vom Tisch mit den Stühlen
und einem dunklen Schrank eingenommen wird.

Die Kinder – es sind zwei Mädchen und ein Junge – sind
jünger als er selbst. Sie kommen gelaufen, um ihn zu begrü-
ßen. Johannes bückt sich, um auch seine jüngste Cousine zu
umarmen. „Ursula, wie alt bist du eigentlich?"

Die Kleine sieht ihn überrascht an. „Sechs! Das solltest
du wissen."

„Tut mir leid, ich werde es mir jetzt merken, bestimmt."
Er wendet sich an seine Tante Ilse. „Ich wollte eigentlich mit
Onkel Kurt sprechen, ist er zu Hause?"

„Ja, er ist im Garten und pflückt Bohnen für morgen. Er kommt sicher gleich herein."

Der Satz ist noch nicht zu Ende gesprochen, da öffnet sich die Tür und der Gesuchte kommt herein. „Hallo, Johannes. Was für eine Überraschung! Was führt dich zu uns? Brauchen deine Eltern Hilfe?"

„Nein, es geht ihnen gut. Ich möchte wegen der verschwundenen Paula Steffens mit dir sprechen. Mein Freund und ich haben allerlei herausgefunden."

„Otto Suhr ist es, nicht? Ihr Zwei seid doch dicke Freunde?"

„Ja, genau. Otto ist ein prima Kumpel. Er weiß so viel und hat immer tolle Ideen. Was ich dir erzählen wollte, ist dasselbe, was wir schon Wachtmeister Giese gesagt haben. Der war sehr angetan von unseren Ergebnissen."

Sein Onkel lächelt ihn an. „Nun komm schon damit raus. Ich sehe doch, dass du es kaum noch für dich behalten kannst."

Johannes erzählt seinem Onkel dasselbe, wie schon dem Polizisten.

„Es sah aus wie ein Grab?", äußert er sich erstaunt. „So wie ich Ferdinand kenne, wird er der Sache morgen als Erstes nachgehen. Vielen Dank, dass du mich informiert hast. Ich war heute mit dem Fahrrad in Esch, doch dort hat niemand das Auto gesehen. Ich habe auch die Jungen in der Gegend befragt, denen würde ein moderner Personenkraftwagen schon eher auffallen, aber keinem ist so ein Wagen begegnet. Wir werden eurer Spur folgen und uns am Hof bei Bauer Heinbockel erkundigen." Er blickt seine Frau an.

„Es gibt gleich Abendbrot. Möchtest du zum Essen bleiben?"

„Vielen Dank, besser nicht. Meine Eltern wissen nicht, wo ich bin. Die würden sich unnötig Sorgen machen." Er weiß, dass es knapp ist bei seinem Onkel, denen steht noch weniger Einkommen zur Verfügung, als seinen Eltern. Er möchte nicht, dass die Familie Dirks das Essen mit ihm teilen muss.

***

„Wir leihen uns das Gespann von Bauer Elmer", verkündet Polizist Giese. „Wir werden etwas mitnehmen, vielleicht müssen wir auf dem Rückweg auch etwas transportieren…"

Kurt Dirks ist mit Pferden groß geworden, er schirrt Lotte an den Einspänner an. Polizist Giese hat einen Spaten organisiert. „Ich habe das ungute Gefühl, dass wir ihn benötigen werden."

Bis zum Hof des Bauern Heinbockel in Landesbrück sind sie eine halbe Stunde unterwegs. „Hier müssen wir rein", Wachtmeister Giese deutet auf den Weg, der ins Moor führt.

Kurt Dirks lenkt das Pferd dorthin, nach etwa hundert Metern haben sie das Haus der Lina Gerstkamp erreicht.

Polizist Dirks rückt seine Uniform zurecht und springt vom Bock auf den staubigen Weg. Er geht zur Tür und klopft. Stille, die Gegend und das Häuschen scheinen wie ausgestorben.

„Hallo! Hier ist die Polizei!", ruft der Beamte und klopft etwas kräftiger gegen die Tür. Doch nichts passiert. Schließlich drückt er gegen die Tür – sie lässt sich ohne Widerstand öffnen. „Pass du draußen auf, ich gehe mal hinein!" Er verschwindet in dem kleinen, dunklen Haus. Es dringt kaum Licht durch die kleinen, schmutzigen Fenster, es wirkt unheimlich. Eine Katze huscht an ihm vorbei und saust nach draußen.

Er blickt sich um und versucht, in dem dämmerigen Licht etwas zu sehen, als ihm beinahe das Herz stehenbleibt. Auf dem löchrigen Sofa liegt eine Tote! Das hat ihm noch gefehlt. Nein, bei näherem Hinsehen erkennt er, dass sie atmet. Unter dem Sofa liegt eine leere Flasche, anscheinend ein selbstgebrannter Fusel. Er rüttelt an der Schulter der Frau. „Frau Gerstkamp, aufwachen!"

Keine Reaktion, lediglich ein leiser Grunzton kommt als Antwort. Doch Wachtmeister Giese ist es gewohnt, dass man ihm gehorcht. „Frau Gerstkamp! Hier ist die Polizei! Wachen Sie auf!"

Widerwillig öffnet sie die Augen ein wenig. Erst mit Hilfe von seinem Hilfspolizisten kann er die alte Frau aufrichten.

„Die ist ja stockbesoffen", bemerkt Kurt Dirks.

„Wir werden sie zu unserem Wagen schaffen. Wir sperren sie solange ein, bis sie nüchtern ist und uns sagen kann, was passiert ist."

Mit vereinten Kräften schleifen sie die alte Frau zum Einspänner und legen sie auf die Ladefläche.

„Gut, das wär' geschafft", keucht Wachtmeister Giese, „lass uns jetzt nach dieser Stelle suchen, die die Jungs entdeckt haben." Der Gemeindehelfer nimmt den Spaten, Ferdinand Giese geht voraus und sucht den Boden um das Haus herum ab. Schließlich hat er die Stelle gefunden, von der die beiden Jungen erzählt haben. Der Boden ist frisch aufgegraben, Blätter liegen darauf, es wirkt irgendwie, als gehöre es nicht hierher.

Kurt Dirks setzt vorsichtig den Spaten an und hebt die lose Erde heraus. Er und der Wachtmeister sagen kein Wort, angespannt blicken sie in das größer werdende Loch.

„Da ist was!" Er kratzt vorsichtig mit dem Spaten die Erde fort. Er legt eine Hand legt frei, erschrocken tritt er beiseite und starrt auf den Fund.

„Kreuzdonnerwetter, die Jungs haben recht gehabt mit ihrer Vermutung!" Der Polizist hat einen Kloß im Hals, so einen Fund hat er noch nicht gehabt, in seiner ganzen Zeit als Polizist nicht. „Grab' bitte weiter, wir werden die Leiche neben die Alte legen und auch mitnehmen."

Vorsichtig gräbt sein Gehilfe weiter - nicht, dass er etwas beschädigt. Als die Umrisse des Mädchens zu erkennen sind, legt Dirks den Spaten beiseite und arbeitet vorsichtig mit den Händen weiter. Eine Viertelstunde später ist die Tote soweit freigelegt, dass sie das Mädchen an den Armen packen und aus dem Loch heben können. Ein wenig gruselig ist ihnen, als sie die Leiche zu ihrer Karre tragen und auf die Ladefläche zu der Frau Gerstkamp legen. Die bekommt nichts davon mit, sie liegt auf der Seite und schläft wieder. Giese geht noch einmal zurück in das Haus und nimmt die erste Wolldecke, die er findet, mit hinaus. Die beiden Männer decken die tote Paula damit ab.

An der Ecke zur Landstraße angekommen, bittet der Polizist seinen Gehilfen zu warten. „Einen Moment, wo wir schon hier sind, werde ich den Bauern nach dem Auto befragen." Er hat sich eines der Bilder vom Fotografen Klöf-korn mitgenommen, steckt es ein und geht zum Hof hin-über.

Eine Viertelstunde später taucht er wieder auf. „Treffer! Der Bauer ist sich zu 100 Prozent sicher, dass er genau dieses Auto am Morgen des 26. Mai gesehen hat. Jetzt wird uns dieser Gerdts einiges zu erzählen haben."

Schweigsam, in dumpfes Grübeln versunken, fahren sie zurück nach Freiburg. Lina Gerstkamp wird in eine Zelle verfrachtet, das tote Mädchen wird zur näheren Begutach-tung im Keller der Verwaltung aufgebahrt.

„Hol' du bitte Doktor Hellwege, er soll sich das Mäd-chen so schnell wie möglich ansehen. Sie ist etwa seit vier Tagen tot und muss beerdigt werden."

Der Doktor steht wenige Minuten später im Büro der Polizei.

„Danke, dass Sie so schnell kommen konnten. Wir ha-ben Paula Steffens gefunden, sie ist seit einigen Tagen tot. Ich möchte, dass Sie den ungefähren Todeszeitpunkt ab-schätzen und dass Sie uns bitte sagen, woran sie gestorben ist."

„Tot? Mein Gott, das ist ja schrecklich, ich werde sofort beginnen. Es kann keine Obduktion werden, ich werde mich auf eine oberflächliche Untersuchung beschränken müssen. Sobald Unklarheiten auftreten, werden wir nicht umhinkommen, einen Rechtsmediziner aus Stade mit der weiteren Klärung zu beauftragen."

„Gut, Doktor. Fangen Sie bitte an, das klären wir spä-ter."

Zwanzig Minuten später ist Doktor Hellwege fertig. „Das Mädchen ist seit drei bis vier Tagen tot. Nach meiner Einschätzung ist sie an den Folgen einer Abtreibung gestorben. Ich habe Verletzungen an ihren Geschlechtsteilen gefunden. Das Mädchen ist offenbar verblutet, bei der Ausschabung ist wohl eine Arterie beschädigt worden."

„Vielen Dank, Doktor. Nicht schön, aber gut. Ich werde mich auf die Socken machen und dem Vater von dem Ergebnis berichten." Er seufzt. „Es muss leider sein, ich könnte vielleicht den Pastor bitten, sich darum zu kümmern." Er macht eine kurze Pause. „Ich mach das, einer muss es tun."

Alfred Steffens öffnet die Tür. „Was wollen Sie denn?", fährt er den Polizisten an. „Gibt es etwa Neues von Paula?"

„So ist es. Würden Sie mich bitte hineinlassen?" Normalerweise würde er sich so einen Ton nicht gefallen lassen, jetzt will er Streit auf jeden Fall vermeiden. „Es gibt etwas über Paula, das muss ich ihnen mitteilen."

„Hat sich versteckt und macht mit irgendwelchen Jungs rum, was? Immer habe ich ihr gesagt, sie soll den Männern aus dem Weg gehen. An mich denkt sie nicht, natürlich. Ich stehe hier jetzt mit vier Gören, für die ich eigentlich keine Zeit habe. Ich muss schließlich Geld verdienen, wie sollen wir es denn sonst machen?" Er schnauft und sieht mitgenommen aus.

„Herr Steffens, ich fürchte, an dieser Situation wird sich wohl kaum etwas ändern." Er fixiert den ungehobelten Kerl. „Wir haben Paula gefunden, sie ist tot."

Für einen Moment scheint es, als wäre die Nachricht ungehört verhallt. Nach einigen Sekunden hebt Alfred Steffens sein Gesicht und starrt den Polizisten an. „Was haben Sie gesagt?"

„Ihre Tochter Paula ist tot. Bei dem Versuch, ihre Schwangerschaft zu beenden, ist sie gestorben."

„Schwanger?" Herr Steffens versteht im Moment gar nichts mehr. „Heißt das, dass sie sich mit einem Mann eingelassen hat? Ich habe immer gewusst, dass sie eine Schlampe ist!"

„War, Herr Steffens, war. Ihre Tochter ist tot und ich möchte Sie bitten, nicht so abfällig über sie zu sprechen. Sie hat sich seit dem Tod ihrer Frau immerhin um ihre jüngeren Geschwister gekümmert."

Nur langsam erkennt der Mann die Tragweite dieser Nachricht. „Oh Gott! Die arme Paula!" Er kneift die Augen zusammen und schlägt die Hände vor das Gesicht. Unvermittelt beginnt der Mann zu weinen. Tränen laufen über das zerfurchte Gesicht. „Meine Paula! Was soll denn jetzt werden?"

Wachtmeister Giese ist mulmig zumute. Er kann diesen Mann nicht trösten, aber was kann er tun? Er könnte sich darum kümmern, dass Herr Steffens eine Hilfe bekommt, die sich um die Kinder kümmert.

Alfred Steffens schnäuzt sich den Rotz in den Ärmel seines Hemdes, dann blickt er den Polizisten an. „Wissen Sie, wer sie geschwängert hat?"

„Nein, bisher nicht. Wir setzen alles daran, den Mann ausfindig zu machen." Walter Gerdts scheint der Übeltäter zu sein, es scheint jedoch unklug, den Vater von seinem Verdacht zu unterrichten. Nicht zu diesem Zeitpunkt.

***

Am nächsten Morgen erscheint der Polizist zuerst bei Lina Gerstkamp im Gefängnis. Er öffnet die Zelle und mustert seine Gefangene.

Schlecht sieht sie aus, sie sitzt zusammengesunken auf der Pritsche.

„Wie geht es Ihnen heute Morgen, Frau Gerstkamp? Sind sie wieder nüchtern?"

„Ach, lassen Sie mich doch in Ruhe!" Sie macht eine abweisende Geste.

„Meine liebe Frau, ich glaube, Sie verkennen Ihre Situation. Wie ich die Sache sehe, werden wir Sie wegen fahrlässiger Tötung belangen, mal abgesehen von anderen Abtreibungen, die Sie verbotenerweise durchgeführt haben. Das gibt ganz sicher Gefängnis für Sie. Sie können Ihre Lage verbessern, wenn Sie uns alles berichten und nichts verschweigen."

Die alte Frau brummelt etwas Unverständliches.

„Bitte? Ich habe nichts verstanden."

„Was soll ich denn sagen? Es ist ohnehin alles völlig verfahren."

„Nun reden Sie schon!" Wachtmeister Giese hat den Eindruck, als wenn sie gleich mit der Wahrheit rausrücken wird.

Die Eingangstür klappt. Es ist sein Hilfspolizist, der jetzt hinter ihm steht. „Schön, dass du da bist, Kurt. So habe ich einen Zeugen für die Aussage, die jetzt hoffentlich kommt." Eindringlich fixiert er die alte Frau.

Die seufzt jämmerlich. „Also gut. Ich habe dem Mann zwar versprochen, meine Klappe zu halten, aber das spielt jetzt keine Rolle mehr - ich lande im Knast, ob ich es nun für mich behalte, oder nicht." Sie sieht Kurt Dirks an. „Können Sie mir etwas zum Essen und Trinken besorgen? Da hätte ich es zuhause besser gehabt."

Ferdinand Giese nickt auf den fragenden Blick seines Büttels hin. „Lass dir etwas in der Kantine geben, ich halte die Aussage hin, bis du zurück bist."

Kurt Dirks kommt mit einem Glas Tee und zwei belegten Scheiben Brot zurück.

Lina Gerstkamp setzt sich aufrecht hin und trinkt zuerst große Schlucke Tee; nach dem vielen Alkohol ist sie sehr durstig. Dann kaut sie an dem Brot. Die beiden Männer verfolgen ungeduldig die Prozedur, sie wollen endlich wissen, was geschehen ist.

Das Brot ist verputzt, die Alte nimmt wieder einen Schluck Tee. „Ja, das war so", beginnt sie zögernd. „Ich habe ein paarmal im Jahr Schwangerschaften abgebrochen, das ist in gewissen Kreisen bekannt. Vor etwa zehn Tagen kam der Sohn des Bürgermeisters von Freiburg zu mir und hat mich gefragt, ob ich einer Bekannten von ihm helfen könne. Zwei Tage später kommt er mit der Tochter von dem Steffens wieder zu mir, ich sollte ihr Kind weg machen. Nun ja, er hat mich sehr gut bezahlt. Ich habe es genauso ausgeführt wie immer, plötzlich fing sie an zu bluten, wie ein Schwein.

Nur wenige Minuten später war sie tot." Sie seufzt vernehmlich und nimmt einen Schluck Tee.

„Ich war völlig außer mir. In meiner Panik habe ich das Mädchen in meinem Garten vergraben. Am Tag darauf kam dieser Gerdts wieder, ich musste ihm wohl oder übel sagen, was passiert war. Es hat ihm scheinbar nicht viel ausgemacht, dass seine Freundin tot war. Ich hatte eher das Gefühl, dass er erleichtert war. Er hat mir Geld gegeben, damit ich auf keinen Fall darüber rede, viel Geld, dann ist er wieder verschwunden."

„Das war am Montag, den 26. Mai?", fragt der Polizist.

„Kann sein, ich komme im Moment mit den Tagen nicht zurecht. Das tote Mädchen hat mich so mitgenommen, dass ich mich besoffen habe. Ich wollte alles vergessen." Sie seufzt wieder, voller Jammer. „Ich bin eigentlich froh, dass ich es Ihnen jetzt erzählen konnte."

„Hast du das mitbekommen?", fragt der Polizist seinen Gehilfen. „Es war also doch Walter Gerdts, ich habe mir das gleich gedacht."

„Wie machen wir jetzt weiter?", will der Hilfspolizist wissen.

Staatsdiener Giese kratzt sich am Kopf. „Tja. Das mit der Gerstkamp ist noch am einfachsten, die wird wegen fahrlässiger Tötung ein paar Jahre ins Gefängnis kommen. Das Problem ist Gerdts. Unzucht mit Abhängigen und Minderjährigen können wir ihm nicht wirklich nachweisen, es bleibt an ihm hängen, dass er die Abtreibung veranlasst und bezahlt hat. Für mich ist er ohne Zweifel der Vater des ungeborenen Kindes."

***

Spätestens zur Mitte des nächsten Tages weiß jeder Bewohner des Fleckens Freiburg, wer für den Tod von Paula Steffens verantwortlich ist.

Auch Gertrud Willmers erfährt davon. Sie nimmt es mit Schrecken und mit Erleichterung zur Kenntnis. Mit Schrecken, weil ihr plötzlich bewusst wird, was dieser Walter Gerdts für ein Mensch ist. Sie ist froh, dass es bei gelegentlichen Treffen geblieben ist. Erleichterung verspürt sie, weil sie jetzt einen guten Grund hat, diese ungute, erzwungene Beziehung zu beenden. Jetzt kann ihr Vater sie nicht mehr unter Druck setzen, er kann nicht erwarten, dass sie mit so einem Mann befreundet ist. Wenn der sie wie verabredet heute Abend abholen will – der kann was erleben!

Walter Gerdts ist nicht wirklich überrascht, als ihn Gertrude Willmers mit brüsken Worten mitteilt, dass er sich eine andere Freundin suchen soll. Verärgert steigt er unverrichteter Dinge in sein Auto. Von seinem Vater hat er bereits eine Standpauke erhalten, die es in sich hatte. Er konnte sich nicht dagegen wehren, sein Vater hat das Sagen.

Gertrud hat wieder Kontakt zu Klaus Wulff aufgenommen, selig schließen sie sich in die Arme.

„War das jetzt nötig?", philosophiert Gertrud. „So viel Kummer und Ärger, für nichts und wieder nichts?"

„Ärgere dich nicht, freu' dich lieber, dass wir wieder zusammen sein können", entgegnet Klaus und drückt ihre Hand. „Habe ich dir schon erzählt, was mir neulich passiert ist?"

„Nein, ich glaube nicht. Wir haben uns doch schon zwei Wochen nicht mehr gesehen."

„Das war so. Wilhelm Beckmann und ich saßen im Warteraum in Freiburg und aßen in einer Pause unser Brot. Ich war an dem Tag als Lokführer eingeteilt, Wilhelm war mein Heizer. Da kam der Dienststellenleiter zu uns und bat um Hilfe."

…

„Jungs, zwischen Landesbrück und Schinkel liegt ein Bus im Graben, den müsst ihr mit einer Lok rausziehen."

Wilhelm und ich sehen uns mit großen Augen an. „Was können wir tun, gibt es schon einen Plan?"

„Euch fällt schon etwas ein. Ich habe gedacht, ihr nehmt eine von den schweren Orenstein und & Koppel Lokomotiven – die »Salzuflen« steht gerade hinten im Schuppen. Ich werde noch Seile und Stangen besorgen. Ihr kuppelt einen offenen Wagen an und versucht euer Glück."

Klaus nimmt noch einen Schluck Kaffee aus der Thermoskanne, dann legen sie los.

Die Salzuflen ist mit 26 Tonnen eine der drei schweren Loks, die vornehmlich für den Gütertransport angeschafft worden sind. Klaus klettert auf den Führerstand, Wilhelm folgt ihm und legt schon mal Kohle nach. Der leichte Waggon steht auf dem Abstellgleis. Sie dampfen dorthin und kuppeln ihn an die Lok. Dann fahren sie vor die Werkstatt, dort kommen bereits zwei Schlosser heraus, die an einer Rolle Stahlseil tüchtig zu schleppen haben. Zwei weitere bringen Schäkel zum Befestigen und zwei lange Stangen. Das Gerät wird in den Wagen geladen, dann fahren sie los.

Die Lokomotive von Orenstein & Koppel hat einen schönen Führerstand, der hat vor allen Dingen mehr Platz als der schmale Streifen auf beiden Seiten des Kessels bei den Hohenzollern-Loks. Klaus mag vor allem die bessere Steuerung, die wird ihm nachher bei der Bergung noch zu Gute kommen.

Landesbrück ist schnell erreicht, mit mäßiger Geschwindigkeit fährt Klaus durch die enge Kurve vor dem Bahnhof. Einen guten Kilometer weiter ist Schinkel erreicht. Hier beginnt ein eigens für die Bahn angelegter Damm, der bis nach Hamelwörden führt. Kurz davor, wo sich die Landstraße und die Gleise voneinander entfernen, liegt ein weißer Bus der Peil Omnibus-Betriebe auf der Seite im Graben. Etwa zwei Dutzend Personen stehen dabei und betrachten das Unglück. Entweder um zu helfen - das ist die Mehrzahl - oder aus reiner Neugier.

Klaus schließt langsam den Dampfhebel und bringt die Lok mit der modernen Druckluftbremse zum Stehen. Er steigt aus und läuft zu der etwa zwanzig Meter entfernten Unglücksstelle.

„Gut, dass Sie kommen. Wir haben es schon mit vier Pferden versucht, das hat leider nicht funktioniert", spricht ihn ein Mann an, ein Feuerwehrmann aus Hamelwörden.

Klaus sieht sich den Bus aus der Nähe an. Er ist von der Straße abgekommen und liegt jetzt in einem einen halben Meter tiefen Graben. Der Bus mag drei Tonnen wiegen, das konnten die Pferde nicht schaffen. Seine Lok wiegt 26 Tonnen, das ist ein ganz anderes Kaliber. Er ist sich sicher, dass er es schaffen wird.

Der Busfahrer steht dabei und diskutiert mit den Anwesenden. Er versucht zu erklären, dass es ihm rätselhaft ist, wie das passieren konnte.

„Du hast nicht aufgepasst und bist auf der weichen Kante der Straße ins Rutschen gekommen, so ist das!", entgegnet einer der Umstehenden.

„Nein, ich konnte nichts dafür", wiederholt der Fahrer, es scheint ihm keiner so recht zu glauben.

„Ich brauche Helfer, die das Seil mit Lok und Bus verbinden!", ruft Klaus in die Menge.

Eine Schar Männer versammelt sich um ihn, es sind mehr, als er wahrscheinlich brauchen wird.

„Im Anhänger sind etliche Meter Seil, die müssen Sie mit der Kupplung der Lok und der Zugöse am Bus verbinden. Ich zeige Ihnen den Befestigungspunkt an der Lokomotive."

Neben Klaus hat sich der Fahrer des Busses gestellt. „Kann ich auch helfen?"

„Sicher. Zeigen Sie den Männern, wo sie das Seil am Bus festmachen können." Er sieht zum Bus hinüber. „Haben Sie eigentlich Fahrgäste gehabt?"

„Ja, es waren Kinder, die ich von der Schule in Drochtersen zu den Ortschaften in Hamelwörden und Landesbrück bringen sollte. Ihnen ist, außer einem gehörigen Schrecken, nichts passiert. Wir sind langsam in den Graben gerutscht, da haben sie Zeit gehabt, sich festzuhalten."

„Gott sei Dank, es bleibt also nur der Schaden am Bus."

Das Seil ist befestigt, Klaus prüft sorgfältig die Verbindung. Er klettert auf seine mächtige Dampfmaschine. „Alles klar, Wilhelm?"

Der nickt. Der Dampfdruckmesser zeigt zwölf bar, der Wasserstand ist 70 Prozent, beste Voraussetzungen für die bevorstehende Belastungsprobe.

Klaus stellt den Regler auf kleinste Fahrt, dann bewegt er mit viel Fingerspitzengefühl den langen Hebel des Dampfventils. Zischend presst sich der Dampf in die Zylinder, die Räder drehen sich im Schneckentempo. Klaus hat ein Auge auf das Seil gerichtet, noch hängt es durch. Langsam spannt es sich, gleich wird es stramm, das ist der kritische Punkt. Die Lok hält wieder, er öffnet das Dampfventil millimeterweise. Ein Rucken geht durch den Bus. Einige Männer haben die zwei Stangen zwischen Bus und Graben geschoben und ziehen nun mit aller Kraft daran. Der Bus ruckt wieder – jetzt bewegt er sich einige Millimeter – es scheint zu klappen! Zentimeter für Zentimeter wird der Bus auf die Straße gezogen und steht schließlich auf allen vier Rädern.

Die Umstehenden klatschen, sie lachen und freuen sich, dass die Bergung erfolgreich war. Der Bus ist allerdings beschädigt, zwei Scheiben sind zu Bruch gegangen, einige Beulen und Schrammen zieren die rechte Seite.

Der Rest ist rasch erledigt, das Seil wird am Bus und an der Lok entfernt und auf den Güterwagen geladen. Das Zubehör wie Schäkel und die beiden Stangen kommen dazu, dann ist die erfolgreiche Mission beendet. Die Umstehenden winken, als Klaus den Dampf öffnet und die Fahrt zurück nach Freiburg beginnt.

...

Klaus hat seine Erzählung beendet. Sein Schatz sieht ihn mit strahlenden Augen an. „Ich bin so stolz auf dich!"

Klaus lächelt, alles ist wieder in Ordnung. Ein schwerer Stein ist ihm vom Herzen genommen worden.

Braune Zeichen

Es ist der 12. Juni 1930. Aufgeregt klopft Otto bei seinem Freund Johannes an der Tür. „Sag mal, hast du die Zeitung von heute schon gesehen?"

Johannes schüttelt den Kopf. „Wir können uns keine Zeitung leisten."

„Das ist auch nicht nötig. Bei dem Jungclaus hängt eine draußen aus. Ich meine auch nur den Bericht auf der Titelseite."

„Was ist denn da so Interessantes?"

„Heute Abend findet in New York der Titelkampf um die Weltmeisterschaft im Boxen statt, er wird zwischen dem Amerikaner Sharkey und unserem Max Schmeling ausgefochten", verkündet Otto eifrig.

„Schön. Was hilft uns das?" Von Max Schmeling hat er schon mal gehört, aber was hat er hier in dem kleinen Freiburg davon, wenn auf der anderen Seite des Atlantiks ein Wettkampf stattfindet?

„Mensch Johannes, der Kampf wird im Radio übertragen! Ich habe auch schon eine Idee, wie wir uns das anhören können."

Jetzt hat er seinen Freund überzeugt, das klingt nach Abenteuer. „Lass uns doch zuerst zu Jungclaus' Laden gehen, da sehen wir uns die Zeitung an."

Richard Jungclaus betreibt ein Feinkostgeschäft in Freiburg. Im vorigen Jahr ist sein Vater an den Folgen einer Verletzung gestorben, die er im Ersten Weltkrieg erlitten hat. Seitdem betreibt der Sohn das Geschäft zusammen mit seiner Mutter.

Vor der Schaufensterscheibe, neben der Eingangstür, steht ein Gestell, auf dem ein Exemplar der Tageszeitung von heute befestigt ist. Mit rotem Stift ist ein Artikel auf der Titelseite eingekreist worden. Dort steht:

Boxwettkampf des Jahrhunderts!

Max Schmeling gegen Jack Sharkey

Im Text wird auf das internationale Ereignis hingewiesen. Es folgt eine Kurzfassung des Lebenslaufes von Max Schmeling. Er ist deutscher Meister im Schwergewicht und wurde 1927 Europameister im Halbschwergewicht.

„Maxe ist der beste Boxer der Welt", behauptet Otto im Brustton der Überzeugung.

„Klingt toll, aber ich kann es bestimmt nicht hören. Ich darf so spät das Radio nicht einschalten." Johannes zeigt auf einen Hinweis am Ende des Artikels. „Hier steht es. Der Wettkampf wird im Radio ab 22:00 übertragen. Davon hab' ich nichts, ich muss dann schon lange schlafen", sagt er resigniert.

„Ich doch auch. Aber ich hab mir schon etwas ausgedacht, pass auf. Der Wettkampf wird in der Kneipe von

Dietrich von Sosten zu hören sein. Wir schleichen uns aus dem Haus, dann zur Hintertür in die Gaststätte, verstecken uns dort und lauschen dem Wettkampf. Was sagst du dazu?"

„Ich weiß nicht so recht." Johannes ist nicht davon überzeugt, dass das so einfach geht, er wittert Schwierigkeiten.

„Komm, wir gehen mal zu der Kneipe und sehen uns das an."

„Gut, ich bin dabei." Ottos Ideen sind meist gut, das Abenteuer beginnt ihn zu reizen. Ansehen kann man sich die Sache.

Die beiden Jungs stromern wie zufällig in der Nähe der Gaststätte umher. Das Haus ist mit Reet gedeckt, wie die meisten Häuser hier. Neben der Eingangstür in die Kneipe gibt es außerdem einen Hintereingang, der über den Hof zu erreichen ist.

„Siehst du, da!" Otto weist auf ein selbstgemaltes Plakat, das mit Heftzwecken an der Eingangstür befestigt ist. Darauf steht, mit schwungvoller Schrift geschrieben:

Heute Übertragung des Boxkampfes des Jahrhunderts. Beginn ab 22:00 Uhr.

„Ich habe eine Idee, Johannes. Wir gehen jetzt hinein. Ich spreche mit dem Wirt und du siehst dich unauffällig um."

Johannes nickt. Ottos Einfallsreichtum erschreckt ihn mitunter, er nimmt seinen ganzen Mut zusammen und folgt ihm tapfer.

Otto geht auf die Eingangstür zu und öffnet sie, gefolgt von Johannes. „Sieh du dich um", flüstert er ihm zu.

Der Wirt steht hinter der Theke und sortiert Gläser ein. Für den wichtigen Abend soll alles vorbereitet sein. „Hallo, ihr Zwei. Was habt ihr denn vor?"

Otto stellt sich vor den Schanktisch und sieht zu dem massigen Gastwirt hoch. „Mein Vater will sich die Reportage eventuell anhören. Ich soll für ihn fragen, ob er einen Platz reservieren muss."

Johannes sieht sich betont unauffällig die Einrichtung an. Es gibt eine Garderobe, einen Kachelofen, drei Tische mit je sechs Stühlen aus Holz. Die Theke ist aus Holz, vier Barhocker stehen davor.

„Nein, das ist nicht nötig", erklärt der Gastwirt. „Ich habe Platz für etwa vierzig Gäste, das ist fast nie alles besetzt. Aber wo ihr schon mal hier seid, habe ich eine Bitte an euch."

„Wir helfen gerne", beeilt sich Otto zu versichern.

„Ich könntet mir das Radio aus dem Schuppen holen und auf die Theke stellen. Ich zeige euch, wo es steht, ich will noch eine Kiste Korn holen – man weiß ja nie."

Nervös folgen ihm die beiden Jungen. Otto hebt hinter dem Rücken des Gastwirts einen Daumen in die Höhe. Es klappt besser, als sie es sich erhofft haben.

Hinter der Küche ist ein Saal, hier ist Platz für hundert Personen, an dessen Ende befindet sich ein langer Tisch, darauf steht ein Radio. Der Gastwirt zieht den Stecker heraus. „So, jetzt kann es losgehen. Ihr müsst es vorne in die Mitte des Tresens stellen, damit es möglichst viele hören. Ich hole eine Kiste Korn und komme dann nach."

Das Radio wiegt vielleicht zehn Pfund, das ist für die beiden Jungs Kinderkram. Sie fassen beide darunter und tragen es nach vorne, dabei wandern ihre Blicke umher und prägen sich die Einrichtung ein.

„Gut gemacht!", lobt sie der Gastwirt. „Schöne Grüße an deinen Vater, Otto."

„Werde ich ausrichten!"

Draußen vor der Gaststätte wird Kriegsrat gehalten. „Die Sache sieht nicht schwierig aus, was meinst du?", fragt Otto seinen Freund.

„Nein, das ist einfach. Wir betreten die Gaststätte über den Saal und schleichen uns in die Küche. Wir verstecken uns in der Nische, wo das Putzzeug steht."

So wird es gemacht. Die beiden verstehen sich auch ohne viele Worte.

Es ist halb zehn am Abend. Im Haus der Familien Suhr und Willmers schlafen die Kinder.

Oder doch nicht?

Nein, zwei Schatten kommen leise aus dem Haus, im Dunkeln kaum zu erkennen.

„Alles klar?

„Alles klar!", wird die Antwort geflüstert.

Die Gaststätte ist schnell erreicht. Etliche Leute, ausschließlich Männer, stehen davor und unterhalten sich gut gelaunt. Auf die beiden Jungen, in der Dunkelheit kaum zu erkennen, achtet niemand. Sie sind ruck-zuck im Saal des Gasthofes verschwunden. Sie sehen sich um. Wie vermutet, ist niemand da. Jetzt ist Vorsicht geboten, sie können weder

Licht machen, noch eine Taschenlampe benutzen. Jetzt bloß nicht stolpern, oder gegen einen Stuhl treten!

In der Küche ist es ebenfalls dunkel, heute Abend wird nicht mehr gekocht, es sollen nur Getränke ausgegeben werden.

Die Jungen ducken sich vor der Durchreiche für das Essen, kommen langsam hoch und blicken in die Gaststätte. Sie stehen im Dunkeln, sodass sie nicht gesehen werden.

Der Schankraum ist etwa zu drei Vierteln gefüllt. Der Gastwirt dreht am Stellrad für den Sender, in der Hoffnung, die Empfangsqualität zu verbessern. Schließlich richtet er sich auf, er ist fast zufrieden, besser wird der Empfang nicht mehr.

Die Männer bestellen Bier und Schnaps, der Gastwirt und seine Frau haben gut zu tun.

Johannes Blick fällt auf einen Tisch in der Mitte. Er neigt sich zu seinem Freund und zeigt mit dem Finger dorthin. „Was haben die denn für Uniformen an?" Es sind drei Männer, die dort sitzen und sich gerade mit einem Glas in der Hand zuprosten. Sie tragen braune Hemden, eine Krawatte in schwarz und eine braune Hose mit einem schwarzen Koppel, dazu schwarze Schaftstiefel. Außerdem tragen sie eine rote Armbinde mit einem schwarzen Kreuz auf weißem Grund. Die Haare sind kurz und streng gescheitelt.

Otto kratzt sich am Kopf, dies Mal hat er nicht sofort eine Antwort parat. „Ich muss mal meinen Vater fragen. Ich glaube, dass sind Anhänger dieser neuen Partei, die von diesem Hitler angeführt wird."

Der Gastwirt stellt das Radio lauter. Neben einigen Knacktönen und Rauschen ist eine Stimme zu hören.

„Sie hören die Deutsche Welle. In wenigen Minuten werden wir den Boxkampf um die Weltmeisterschaft im Schwergewicht direkt aus dem Yankee Stadion in New York übertragen. Reporter ist Franz Winterstein.

Es folgt kurz Geigenmusik, dann wieder Knacktöne und Rauschen. Der Gastwirt dreht an den Knöpfen, doch der Empfang wird zunächst nicht besser.

Doch dann wird das Rauschen leiser und der Ton klarer. Die Stimme des Reporters ertönt, er spricht deutsch und kündigt in erhebenden Worten den wichtigsten Boxkampf der letzten Jahre an.

„Ja, Maxe ist der Beste!" ruft jemand von den Zuhörern.

Einige Zuhörer reagieren sofort mit einem: „Pschttt!"

Der Wettkampf beginnt. Die Männer sind still und hören gebannt zu. Beide Boxer greifen immer wieder an, die beiden scheinen gleich gut zu sein. Der Reporter berichtet so, dass man sich die Vorgänge im Ring gut vorstellen kann. Auch Otto und Johannes verfolgen mit höchster Aufmerksamkeit die spannende Reportage. Die vierte Runde ist erreicht, beide Boxer haben einige Verletzungen im Gesicht, bis jetzt herrscht Gleichstand.

Die Zuhörer in der Gaststube lauschen mucksmäuschenstill dem durch viel Knacken und Rauschen gestörten Bericht aus dem Radio.

Doch was ist das? Max Schmeling kann nicht weiterkämpfen. Er ist nach einem Schlag von Sharkey zu Boden gegangen!

„Meine lieben Zuhörer. Der Kampf wird abgebrochen, der Kampfrichter berät sich mit seinen Helfern." Es gibt eine Pause von wenigen Minuten, die der Reporter nutzt, die bisherigen Erfolge von Max Schmeling aufzuzählen. Dann: „Meine Zuhörer, eine Sensation!" Die Stimme des Reporters überschlägt sich fast. „Max Schmeling ist eben zum neuen Weltmeister ernannt worden! Sharkey ist wegen Tiefschlags disqualifiziert worden!"

Die Gäste im Schankraum jubeln, sie springen auf und klopfen sich gegenseitig auf die Schulter, als hätten sie den Kampf selbst bestritten. Die Stimmung ist ausgelassen.

Die drei Männer in den braunen Uniformen schließen sich dem Trubel an. Der größte der drei ruft laut in die Menge: „Max Schmeling ist Weltmeister! Deutschland ist Weltmeister!" Er hebt sein Glas und stößt mit seinen Kollegen an.

„Ist das nicht der Jungclaus? Der Betreiber von dem Feinkost-Laden?", wundert sich Johannes.

„Ich glaube, du hast recht", stimmt ihm Otto zu. „Doch los jetzt, wir müssen nach Hause. Am Ende fällt unser Ausflug noch auf. Dann gibt es Ärger - und nicht zu knapp!"

Der Saal liegt im Dunkeln, ein schwacher Lichtschein aus der Schankstube dringt hinein und lässt die Stühle und Tische nur als dunkle Schatten erscheinen.

Johannes stolpert plötzlich über einen Stuhl, krachend fällt der um und stürzt gegen einen Tisch. In der Küche geht das Licht an, eine Stimme ertönt. „Was ist denn da los, zum Donnerwetter nochmal?"

Otto greift blitzschnell nach seiner Hand. „Los, Johannes, jetzt aber fix, wir kommen sonst in Teufels Küche!" Sie rennen, so schnell sie können.

„Was ist denn mit ‚Tiefschlag‘ gemeint?", fragt Johannes atemlos seinen allwissenden Freund, als sie wieder auf der Straße sind.

„Maxe hat einen Schlag in die Eier bekommen", fasst Otto die Antwort deutlich zusammen.

„Oh!" Johannes fühlt gedanklich in seine Eingeweide, nein, dorthin möchte er auch keinen Schlag erhalten.

Nur wenige Minuten später liegen die beiden wieder in ihren Betten. Am kommenden Morgen sind die beiden Jungen hundemüde. Otto muss schon kurz vor 5:00 Uhr hoch, die Kreisbahn nach Stade zur Schule geht um 5:50 Uhr. Er spritzt sich kaltes Wasser ins Gesicht, um seinem müden Geist auf die Sprünge zu helfen.

Der Jagdunfall

Alfred Steffens ist stinksauer. Seine älteste Tochter, Paula, ist tot. Sie fehlt ihm, die Vorstellung, dass seine Tochter ihr junges Leben verloren hat und er sie nie wieder sehen wird, setzt dem Vater schwer zu. Gut, dass Paulas Mutter das nicht mehr erleben musste. Jetzt steht er alleine da, mit seinen Kindern Gottlieb, Heinrich, Emma und Herta. Paula hat sich um die Geschwister gekümmert und ihm damit die Frau ersetzt, die er vor zwei Jahren wegen einer Blutvergiftung verloren hat. Das älteste der verbliebenen Kinder ist Gottlieb, mit seinen 14 Jahren ist er eigentlich nicht alt genug, um die Verantwortung zu übernehmen. Außerdem muss er die Volksschule besuchen, zusammen mit den Hausaufgaben bleibt ihm kaum genug Zeit. Ach was, schimpft er vor sich hin, dann muss der Bengel eben ab und zu der Schule fernbleiben. Er selbst hat auch nicht mehr als sechs Jahre Unterricht gehabt.

Dass ihm deshalb nur die Arbeit als Ungelernter in der Ziegelei geblieben ist, darüber denkt er nicht nach.

Und wer hat an diesem ganzen Schlamassel die Schuld? Dieser Gerdts, der arrogante Sohn vom Bürgermeister. Nicht nur, dass er seinen Spaß mit seiner Tochter gehabt hat und ihr wahrscheinlich wer weiß was versprochen hat - nein, er hat sich feige aus der Verantwortung gestohlen. Er hätte seine Tochter heiraten müssen, dann wäre alles im Lot gewesen, seine Tochter wäre noch am Leben und er hätte einen wohlhabenden Schwiegersohn gewonnen.

Aber nein, er hat nur an seinen Spaß und an seinen Ruf gedacht, dieses Schwein!

***

Klaus Wulff fährt seinen Zug von Itzwörden kommend in Richtung Freiburg. Die Lokomotive ist die »Oste«, eine der sechs Fahrzeuge der Hohenzollern Lokomotiv-Fabriken, die durch ihre ungewöhnliche Kastenform auffallen. Sie hat eine Spurweite von 1000 Millimetern und leistet 85 PS.

Sie ziehen zwei Viehwaggons hinter sich her. In Krummendeich an der Viehverladestation werden sie Pferde übernehmen, die sollen nach Stade gebracht und dann weiter zu den Kavallerie-Divisionen in der Provinz Hannover transportiert werden.

Er blickt auf die mit Tinte geschriebene Liste, die er heute früh vom Betriebsleiter erhalten hat. Er muss sorgfältig die angegebenen Zeitspannen einhalten. Wenn der Personenzug passieren soll, darf er die Strecke nicht mit seinem Güterzug blockieren. Außer an den Endstationen in Itzwörden und Stade und dem Bahnhof in Freiburg mit seinen fünf Gleisen, gibt es eine Ausweichmöglichkeit in Krummendeich, in Balje und in Drochtersen. Es sei denn, er steht auf einem abzweigenden Gleis, wie zu der Ziegelei Münster in Stade, zu der Festung Grauerort in Abbenfleth oder zu der Bleifabrik in Barnkrug.

In Krummendeich werden die Pferde verladen, jetzt kann es endlich losgehen. Er muss auf jeden Fall vor 10:05 Uhr in Freiburg sein, dann fährt dort der Zug aus Drochtersen ein. Er wirft einen Blick zu seinem Heizer, heute ist es Wilhelm Beckmann. Der ist ein stämmiger Kerl, er kann gut mit der Schaufel umgehen. „Alles klar?"

„Geht klar!", tönt es zurück.

Klaus öffnet den Dampfregler, langsam, zuerst kaum merklich, setzt sich sein Zug in Bewegung. Er streckt seinen Kopf aus der Luke und lässt sich den Fahrtwind um die Nase wehen. Es riecht nach Rauch, Öl und dem reifen Korn auf den Feldern, das kurz vor dem Schnitt ist. Er denkt an seine Liebste, sie haben beschlossen, sich noch dieses Jahr zu verloben, er ist glücklich. Die schlimme Zeit, als er fürchtete, dass sein Schatz zu einer anderen Beziehung gezwungen werden könnte, ist vorbei.

Er passiert die Bedarfshaltestelle Esch, hier befindet sich lediglich ein Unterstand, in wenigen Minuten wird er Freiburg erreichen.

Langsam erreicht er den imposanten Bahnhof mit dem Doppelgebäude, dann hält er in Höhe des Güterschuppens.

Wilhelm springt hinaus, um die Weiche umzustellen, er bleibt neben dem Hebel stehen.

Klaus lässt seine Lok wieder anfahren und fährt mit dem Zug langsam voraus. Als er die Weiche passiert hat, wartet er auf Wilhelm.

„Kannst weiterfahren!", ruft der ihm zu, als er behende auf den Führerstand klettert. Er wirft, wie alle Heizer und Lokführer der Welt, einen Blick auf den Druck im Kessel und auf den Wasserstand. „In Stade müssen wir Wasser nehmen!", ruft er über den Lärm der Lok zu Klaus hinüber.

„Das stimmt!", ruft er zurück. Er hat es bemerkt, er wollte nur sehen, wie früh Wilhelm darauf reagiert. Der macht es gut, die Dampfmaschine ist ihm genauso wichtig, wie sie auch ihm war, als er selbst noch Kohle schaufelte.

Sie stehen auf dem Nebengleis und warten auf die Ankunft des Gegenzuges.

Die Dampfwolke kündigt den Personenzug bereits aus der Ferne an. Georg ist dort der Lokführer, er winkt und grüßt seinen früheren Heizer, der bei Gelegenheit und Verfügbarkeit auch mal mit ihm fährt. „Guten Tag, Klaus. Ich wünsche dir einen schönen Tag!", ruft er herüber, um den Lärm seiner Lok zu übertönen.

„Ebenso! Verfahre dich nicht!" Klaus winkt und lächelt vor sich hin. Er ist glücklich.

Die Fahrt wird fortgesetzt. Sie erreichen Landesbrück mit der scharfen Kurve – scharf für einen Zug mit dem weiten Radius, den er benötigt. Es folgt Schinkel, ein kleiner Ort mit wenigen Häusern. Über Hamelwörden erreichen sie

Wischhafen. Es folgen die Behelfsstationen Neuland, Dornbusch-Krautsand und Niendorf, die, wie in Esch, nur einen Unterstand für die Fahrgäste haben.

Drochtersen hat einen richtigen Bahnhof, mit je einem Schuppen für die Lokomotiven und Güter. Ein Wasserturm zeigt an, dass Drochtersen, nach Stade und Freiburg, der bedeutendste Haltepunkt auf der Strecke ist.

Die Weiterfahrt führt sie durch eine schmale Ortsdurchfahrt mit einer engen S-Kurve. Die Gleise verlaufen hier direkt auf der Fahrbahn, vor Peter Bades Hotel führen sie von einer Seite auf die andere, um die gesamte Breite der Straße auszunutzen. Klaus lässt seine Lokomotive lediglich mit Schrittgeschwindigkeit fahren, die ganze Strecke läutet die dampfbetriebene Glocke, um unaufmerksame Passanten zu warnen.

Es folgt der Haltepunkt Drochtersen-Kirche, dann haben sie wieder freie, gerade Bahn über Gauensiek und Ritsch bis nach Assel. Mit einem Schmunzeln denkt er an die Wettfahrt mit dem Bus im Frühjahr. Ja, so eine Dampflokomotive ist ein besonderes Gefährt, sensibel und mit Urgewalt versehen.

In Assel ist wieder eine schmale Ortsdurchfahrt mit einer engen Kurve, wieder zeigt seine Lokomotive mit ständigem Läuten ihre Anwesenheit an. Am Bahnhof in Assel warten zahlreiche Schulkinder, sie winken, als sie den Zug sehen und laufen ein Stückchen hinterher. Klaus und sein Kollege winken ebenfalls. Sie passieren den ‚Gasthof zur Post‘, dann geht es wieder geradeaus. Es folgt der Bedarfshaltepunkt Wethe, gleich haben sie ihr Ziel erreicht.

Der hohe ‚Bleiturm' in Barnkrug ist bereits aus der Ferne zu sehen. Bleikügelchen für Schrotpatronen werden dort hergestellt. Im Kopf des Turmes tropft geschmolzenes Blei durch ein Sieb. Die Blei-Tropfen fallen im wassergefüllten Turm nach unten und erreichen abgekühlt den Boden. Die Verpackung und Vertrieb der fertigen Patronen findet im Hauptwerk von Haendler & Natermann in Hannoversch-Münden statt.

Klaus bringt seinen Zug kurz vor der Weiche zu dem Abzweig zum Stehen.

Wilhelm stellt sie um, langsam fährt Klaus den Zug auf das Nebengleis zur Bleifabrik. Er wartet auf die Rückkehr von Wilhelm und fährt dann weiter vor, kurz bis vor das Bürogebäude. Der fertige beladene Güterwagen mit den Kästen, die mit den Bleikugeln gefüllt sind, wartet schon auf sie.

Wilhelm steigt aus und kuppelt den Wagen an. Auf das Handzeichen von seinem Heizer fährt Klaus einen halben Meter vor, dann klappt es perfekt. Er stellt die Steuerung wieder auf Vorwärtsfahrt und wartet auf Wilhelm, der einen Moment später wieder einsteigt.

„Sag mal", stellt dieser fest, „ist das Auto vor dem Büro nicht das von unserem Bürgermeister, beziehungsweise von seinem Sohn?"

Klaus hat das grau-grüne Auto auch schon erkannt, er hat versucht, nicht an den Fahrer zu denken. Er nickt zustimmend, er beißt die Zähne vor Ärger zusammen.

„Der Typ ist doch schuld am Tod von Paula Steffens", fügt Wilhelm hinzu. „Es ist zum Kotzen, dass der frei herumlaufen darf. Andere werden schon für Hühnerdiebstahl eingesperrt!", ereifert er sich.

„Lass gut sein, Wilhelm, seine Strafe wird er schon kriegen. Auf jeden Fall ist er in ganz Kehdingen unten durch."

Klaus wartet auf seinen Heizer, der nach dem Umstellen der Weiche wieder einsteigt, dann geht die Fahrt weiter bis zur Endstation in Stade. Die Pferde werden zur ‚Niederelbischen' hinübergeführt, die Kisten mit dem Bleischrot werden mit ein paar kräftigen Männern unter Zuhilfenahme eines Karrens umgeladen. Die Spurweiten sind unterschiedlich, die Wagen der Eisenbahn zwischen Harburg und Cuxhaven haben Normalspurweite, das sind 1435 Millimeter, verglichen mit den 1000 Millimetern der Kehdinger Kreisbahn. Auf der Strecke zwischen dem Stader Bahnhof und dem Gaswerk in Stade sind die Gleise ‚dreischienig' ausgeführt, das heißt, sie bestehen aus einem Gleis mit Normalspur, zu dem eine dritte Schiene im Abstand von 1000 Millimetern montiert ist. So kann das Gleis je nach Bedarf von den Zügen beider Systeme verwendet werden.

Klaus und sein Gehilfe füllen Wasser aus dem Wasserturm in Stade nach, dann ist ihre Arbeit vorläufig getan. Sie müssen die Lücke zwischen der Abfahrt des Zuges nach Freiburg um 13:10, und der Ankunft des Gegenzuges ausnutzen, um nach Freiburg zurückzufahren. Der Plan, den er vom Betriebsleiter Schnick erhalten hat, weist besonders darauf hin und gibt genaue Fahrzeiten vor.

***

„Kommst du am kommenden Sonntag mit zur Jagd?", fragt Ludwig Gerdts seinen Sohn Walter. „Wir schießen auf Rehwild, dass wir aus den Dickichtstreifen heraustreiben lassen."

Walter Gerdts ist zum Abendbrot zu seinen Eltern gekommen. Seine Mutter sitzt dabei und hört den Männern zu, ohne jedoch etwas zur Unterhaltung beizusteuern. Sie ist unscheinbar, die grauen Haare sind im Nacken zu einem Knoten zusammengebunden.

„Wer kommt denn alles?", möchte Walter wissen.

„Du kennst sie alle. Der Landrat und Vorsitzender der Kreisbahn-Kommission, Doktor von Buchka, der auch seinen Sohn mitbringt. Der Besitzer der Werft kommt gleich mit vier Männern – zwei Söhnen und zwei Freunden. Ach ja, der Bäcker kommt ebenfalls, jedoch alleine. Für Frühstück und ein kräftiges Mittagessen ist gesorgt, wir werden im Gasthof Draack einkehren."

„Das klingt gut, ich denke, ich mache mit. Um wieviel Uhr geht es los?"

„Wir treffen uns um 5:00 Uhr, und zwar dort, wo sich die Pappelallee mit dem Fleth kreuzt. „Ich denke, wir fahren zusammen, du kannst mich mit meinem Wagen abholen."

„Gut, ich bin dann Viertel vor fünf bei dir."

„Willst du eine von meinen Büchsen haben, oder bringst du eine eigene mit?", fragt der Vater den Sohn.

„Danke für das Angebot, ich werde meine neue Mauser ausprobieren."

„Du hast eine neue Waffe? Die musst du mir mal zeigen."

Walter erhebt sich. „Klar, mach ich - bis übermorgen früh, wir sehen uns!"

Es ist Sonntag, der 22. Juni 1930. Die Sonne ist seit einer Stunde aufgegangen, aber so richtig hat sie sich gegen den morgendlichen Dunst noch nicht durchsetzen können, blass schimmert sie durch den Nebel. Es wird ein schöner und warmer Tag werden, in zwei Stunden werden sich die Jäger und Treiber die ersten Kleidungsstücke ausziehen.

An der kleinen Gaststätte an der Allwördener Straße herrscht reger Betrieb. Sieben Männer sind gekommen, außerdem etwa ein Dutzend Personen, die als Treiber verpflichtet worden sind. Einer von ihnen ist Alfred Steffens. Das reichhaltige Essen und der Lohn haben ihn bewogen, an der Jagd als Helfer teilzunehmen – wie praktisch alle Treiber, die meisten von ihnen können die fünf Reichsmark, die sie am Ende der Jagd erhalten, gut gebrauchen.

Drei Autos, zwei Kutschen, sowie fünf Fahrräder stehen einträchtig beieinander.

„Waidmannsheil – Waidmannsdank!", hört man die Jäger grüßen. Der Inhaber der Bootswerft leitet die Jagd. „Guten Morgen, meine Herren!" Wobei er eigentlich seine Jagdkollegen meint und nicht die Schar der Treiber, die sich im Hintergrund hält. „Wir beginnen mit einem kleinen Imbiss, schließlich wollen wir am Ansitz nicht mit einem knurrenden Magen das Wild verscheuchen."

Einige Teilnehmer lachen leise.

„Danach werden die Standplätze zugeteilt und anschließend die Treiber losgeschickt. Ich gebe das Signal, wenn gedrückt werden soll - ist das klar, meine Herren?"

Die Treiber brummeln Zustimmung.

Die Jäger werden auf die Standplätze verteilt, es sind Gestelle aus Holz, die etwa ein bis zwei Meter hoch sind und entlang der Schneisen postiert sind. Eine kurze Leiter führt hinauf. Der erhöhte Ansitz gewährleistet, dass der Schuss immer nach unten gerichtet ist, so ist sichergestellt, dass auch ein Fehlschuss keinen anderen Jäger oder Treiber verletzen kann.

Die Treiber haben den Sammelpunkt verlassen, sie gehen zum anderen Ende des Dickichts und warten auf ihr Signal.

Walter Gerdts hat seinen Standplatz erreicht, er legt seinen Rucksack ab und nimmt seine Büchse von der Schulter. Dann holt er eine Thermosflasche aus seinem Rucksack, eine Neuheit auf dem Markt, und trinkt einen Schluck Kaffee. Bis das erste Wild erscheint, wird es noch dauern. Gerade überlegt Walter, ob er vielleicht ein bisschen dösen könnte. Da ertönt das Hornsignal – die Treiber beginnen nun mit dem Drücken, in wenigen Minuten sollten die ersten Rehe aus dem Dickicht brechen.

Die Treiber sind über darüber belehrt worden, wie ihre Arbeit zu tun ist. Die meisten kennen den Ablauf, sie sind nicht zum ersten Mal dabei. Sie sollen langsam durch das Unterholz gehen, um das Wild nur sanft zum Weiterziehen zu veranlassen. Geraten die Tiere in Panik und flüchtet rasch, ist ein treffsicherer Schuss nicht mehr möglich.

Walter Gerdts hebt seine Waffe und visiert durch das Zielfernrohr. Ein Reh erreicht sein Sichtfeld, doch es ist zu schnell, er muss es laufen lassen. Direkt dahinter erscheint ein weiteres Tier, es sichert einen Moment an der Schneise. Einen Moment zu lange, der Jäger krümmt seinen Zeigefinger, der Schuss bricht. Das Reh versucht noch einen unbeholfenen Sprung, dann bricht es tot zusammen.

Zwei weitere Tiere trifft er ebenfalls, es ist ein erfolgreicher Morgen.

Eine halbe Stunde später wird die Jagd abgeblasen, die Treiber kommen zum Sammelpunkt, die Jäger packen ihre Waffen und andere Utensilien und verlassen ihren Hochsitz.

Ein Treiber, es ist der Ziegeleiarbeiter Ernst Slaby, läuft in großer Aufregung zum Sammelpunkt. „Herr Hesse! Sie müssen kommen, es ist etwas Schreckliches passiert!"

„Nun beruhigen Sie sich doch, Mann, und erzählen sie der Reihe nach. Was ist vorgefallen?" Der Leiter der Jagd, Gottlieb Hesse, Inhaber der Bootswerft, blickt den Treiber an. Der Mann macht nicht den Eindruck, als wenn seine Nachricht harmloser Natur sein könnte.

Der ringt sichtbar um Luft, um schließlich mühsam hervorzubringen: „Walter Gerdts liegt blutend neben dem Hochsitz, Sie müssen kommen und sich das ansehen!"

Oh, Gott! Der Jagdleiter ist bestürzt, das hat ihm noch gefehlt! Eventuell ein Fehlschuss eines anderen Jägers, das ist schon vorgekommen. Er hofft, dass es sich als nicht so dramatisch herausstellen wird, wie es im Moment klingt „Geh schon mal vor, ich komme gleich mit ein paar Mann nach." Er weiß, wo der Ansitz steht, er hat in den letzten Tagen einen Plan für alle Teilnehmer entworfen.

Zwei Jäger, es ist der Landrat von Kehdingen - Doktor Karl von Buchka mit seinem Sohn, kommen gerade herein.

„Kommen Sie bitte mit mir, es ist offenbar ein Unglück passiert."

„Herrje! Natürlich, natürlich. „Wissen Sie schon, was passiert ist?"

„Nein, ich weiß lediglich, dass Walter Gerdts blutend am Fuß des Hochsitzes liegen soll."

Bis zum Hochsitz, der sich am Ende der Schneise befindet, sind es dreihundert Meter, die sie in schnellem Schritt zurücklegen. Dort haben sich bereits drei Personen versammelt, es sind Ludwig Gerdts, der Vater des Verunglückten, sowie zwei Treiber, einer der beiden ist Ernst Slaby, der eben den Leiter der Jagd gerufen hat.

Ludwig Gerdts hockt neben seinem Sohn mit dem Ohr auf der Brust des Verletzten und horcht auf dessen Herzschlag, die Augen weit aufgerissen.

Walter Gerdts liegt etwas krumm auf der Seite, direkt am Fuß der etwa ein Meter hohen Leiter, die zum Ansitz hinaufführt. Sein dunkelgrüner Hut liegt neben seinem Kopf, an der Schläfe befindet sich ein etwa handtellergroßer Blutfleck, Blut ist die Wange hinuntergelaufen.

„Was ist, Herr Gerdts, atmet er?", fragt Gottlieb Hesse – der Inhaber der Bootswerft - den Vater des am Boden Liegenden."

Der erhebt sich, er wirkt mitgenommen. „Nein, ich kann nichts erkennen, kein Puls, kein Atmen."

„Wir müssen so schnell wie möglich den Arzt rufen. Vielleicht ist es noch nicht zu spät. Herr Doktor von

Buchka, sie sind doch auch mit einem Auto hier, können Sie das bitte übernehmen?"

„Natürlich, ich werde sofort losfahren!" Er geht mit raschen Schritten davon.

„Hier liegt ein Stein!", ruft Rudolf, Sohn von Doktor Buchka, ein junger Mann von dreißig Jahren. Es ist Blut daran!" Er bückt sich, um ihn aufzuheben, da wird er durch einen Zuruf des Jagdleiters aufgehalten.

„Stopp, nichts anfassen, es könnte ein Tatort sein!"

„Tatort? Wieso?" Er blickt zwischen dem Stein und Gerdts hin und her.

„Zuerst sah es so aus, als sei der Mann von der Leiter gestürzt und auf den Stein gefallen. Bei näherer Betrachtung kann das nicht sein, der Stein liegt einen Meter entfernt, das ist zu weit, als dass er darauf gefallen sein könnte."

Die Männer der Jagdgesellschaft, blicken betroffen zum Stein und zu dem Liegenden. Der dürfte tot sein, er rührt sich nicht.

Das Auto von Doktor von Buchka ist zu hören. Wenige Minuten später trifft Doktor Hellwege ein. Er kniet sich neben den Toten und horcht an dessen Mund. Er zögert, dann greift er in seine mitgebrachte Tasche und zerrt ein Stethoskop hervor. Er öffnet das Hemd des Mannes, schiebt das Horchgerät unter die Kleidung und lauscht wieder einen Moment. Dann erhebt er sich. „Ich fürchte, da ist nichts mehr zu machen, Walter Gerdts ist tot."

Der Vater, Ludwig Gerdts, stößt einen Entsetzensschrei aus und stützt sich auf den neben ihn stehenden Ernst Slaby, den Treiber, der seinen Sohn entdeckt hat.

„Jemand muss Giese holen. Ich fürchte, dass ist ein Fall für die Polizei", beschließt Gottlieb Hesse. „Können Sie das übernehmen?", er blickt wieder den Doktor von Buchka an.

„Der nickt. „Gut, wird erledigt. Ich werde dann aber nicht wiederkommen, die Jagd wird ohnehin abgebrochen werden müssen." Er winkt seinem Sohn. „Komm mit, Rudolf. Hier gibt es nichts mehr für uns zu tun."

Ferdinand Giese erscheint eine halbe Stunde später. Inzwischen ist das erlegte Wild eingesammelt worden.

„Zeigen Sie mir den Ort des Geschehens", wendet er sich an den Leiter der Jagd. Sein ohnehin immer etwas rotes Gesicht scheint noch röter zu sein, als sonst. Er folgt dem sich beinahe im Laufschritt bewegenden Gottlieb Hesse. Sein Tschako droht ihm vom Kopf zu fallen, mit einer Hand hält er die Helmmütze am Schirm.

Sie erreichen den Ort, wo Walter Gerdts nach wie vor still und gekrümmt am Boden liegt. Wachtmeister Giese stellt sich breitbeinig davor und mustert den Platz millimetergenau. Er schreitet den Abstand zwischen Kopf des Toten und dem Stein ab, auch den Abstand zwischen Körper und der Treppe. Aus seiner blauen Uniformjacke zieht er einen Notizblock hervor und fertigt eine Skizze an. „Ich brauche eine Liste aller Jagdteilnehmer, weist er Gottlieb Hesse an, wobei er die Betonung auf aller liegt.

„Der nickt pflichteifrig. „Natürlich, ich werde sie Ihnen morgen in Ihr Büro bringen lassen." Er ruft die Umstehenden zusammen. „Meine Herren, Sie werden einsehen, dass wir unter diesen schrecklichen Umständen die Jagd abbrechen müssen. Herr Schildknecht, können Sie mit ihren

Männern die erlegten Tiere nach Freiburg schaffen? Ich schlage vor, Sie bringen sie zu meiner Werft. Morgen werden wir die Tiere aufteilen."

***

Wie so oft, sitzt Johannes mit Otto zusammen auf dem Dachboden im Hause seiner Eltern. Durch ein kleines Fenster am Giebel fällt etwas Licht herein und lässt den kleinen Raum wie eine Räuberhöhle erscheinen. Gerade richtig für die beiden Lausbuben.

„Du, Johannes, ich muss dir mal was zeigen", flüstert Otto, obwohl gar kein Grund zum Flüstern vorliegt. Mit verschwörerischer Miene greift er in das alte Büchergestell, das sich hier befindet, und zieht ein Buch heraus. „Guck mal", er flüstert immer noch. „Das ist das Buch von diesem Hitler. Seit kurzem gibt es seine beiden Bücher »Mein Kampf« im Sammelband für acht Reichsmark. Ich habe meinem Vater so lange in den Ohren gelegen, bis er es gekauft hat. Ich habe ihm weisgemacht, dass ich es für den Staatskunde-Unterricht brauche." Er hält es ans Licht und blättert darin, etliche Zettel hat er hineingelegt, um einige Textstellen wiederfinden zu können. „Weißt du, ich wollte mal herausfinden, was es mit dieser Partei, der NSDAP, dem unser Gemischtwarenhändler Jungclaus anhängt, auf sich hat." Er blättert in dem Buch zu einer markierten Stelle. „Sieh mal, hier heißt es im Kapitel ‚Volk und Rasse': ‚*Der rassisch rein und unvermischt gebliebene Germane des amerikanischen Kontinents ist zum Herrn desselben aufgestiegen; er wird der Herr so lange bleiben, so lange nicht auch er der Blut-*

schande zum Opfer fällt'. Hast du schon mal so ein fürchterliches Geschwurbel gehört? Ich habe nicht alles gelesen, der Schreibstil ist der eines Sechstklässlers und ist 800 Seiten lang kaum auszuhalten." Er blättert zu einem anderen Lesezeichen: „Zum Beispiel das hier: *So glaube ich heute im Sinne des allmächtigen Schöpfers zu handeln: Indem ich mich des Juden erwehre, kämpfe ich für das Werk des Herrn.*' Was hat er bloß immerzu mit den Juden? Wenn ich mir vorstelle, dass so jemand in Deutschland etwas zu sagen hätte, würde ich mir um die Juden die größten Sorgen machen."

„Was können wir dagegen unternehmen?", sorgt sich Johannes.

„Tja, ich fürchte - nicht viel. Wir zwei schon gar nicht. Ich habe mit meinem Studienrat für Geschichte und Staatsbürgerkunde darüber diskutiert. Der glaubt nicht, dass sich der Nationalismus durchsetzen wird. Hoffen wir, dass er Recht behält."

Wenige Tage später steht Otto vor der Tür von dem Elternhaus seines Freundes. „Ey, Johannes, ich muss dir was erzählen."

Sein Freund lächelt verschmitzt, was sein Kumpel wohl wieder ausgeheckt hat?

„Ich fahre doch jeden Tag mit der Bahn zur Schule. Gestern sind mir zwei Pakete aufgefallen. Sie lagen einen Moment auf dem Bahnsteig in Freiburg und wurden dann von dem Jungclaus abgeholt. Zuerst habe ich gedacht, das wäre Ware für seinen Laden, aber dann habe ich an der Seite Aufkleber mit einem Hakenkreuz gesehen."

Johannes hat sein Ohr direkt vor Ottos Mund, um ja kein Wort von dieser spannenden Geschichte zu versäumen.

Otto sieht sich nach beiden Seiten um, dann zieht er ein Blatt Papier unter seiner Jacke hervor. „Das habe ich von seinem Hinterhof geklaut, diese Dinger sind mit der Bahn gekommen."

Es ist ein etwa doppelt heftgroßes, gelbliches Papier. »Werde Mitglied in der NSDAP!« ist in roter Schrift darauf gedruckt. Der Versammlungsort, Datum und Uhrzeit ist angegeben, garniert mit einem martialischem Bild von einem düster dreinsehenden Mann in brauner Uniform. „Er hat etwa 100 Stück davon", flüstert Otto. „Ich glaube, die will er überall ankleben, um für seine Partei zu werben. Ich versteh' nicht viel von Politik und so, aber diese Leute in braun, und dieses Schlechtmachen der Juden - da stimmt was nicht. Einfach so zusehen will ich nicht. Man muss etwas unternehmen."

Johannes ahnt, worauf Otto hinaus will. „Du möchtest, dass ich dir helfe? Ich bin dabei!" Ein weiteres Abenteuer nimmt vor seinen Augen Gestalt an. Sie werden zwar nicht gegen Piraten kämpfen, eine Mutprobe ist es auf jeden Fall.

„Wenn er diese Zettel ankleben will, dann dachte ich, sie hinterher wieder zu entfernen, bevor sie angetrocknet sind."

„Was soll ich dabei machen?", fragt Johannes.

„Ganz einfach. Wir passen auf, was er macht. Sobald er sich entfernt, puhle ich den Zettel ab und du stehst Schmiere."

Später lungern sie mehr oder weniger auffällig vor dem Gemischtwarengeschäft herum. Ihre Geduld wird belohnt.

Wenig später kommt Herr Jungclaus aus der Hofeinfahrt und zieht eine Karre hinter sich her, in der die Plakate, ein Eimer mit Kleister, sowie ein Quast liegen. Der junge Kaufmann geht los und zieht den auf dem Kopfsteinpflaster klappernden Wagen hinter sich her. Immer wieder hält er an, um einen der Zettel anzukleben. Das geht rasch, zuerst mit dem Quast etwas Kleister auf die Wand auftragen, das Plakat ankleben, andrücken – fertig. Er merkt nicht, dass ihm zwei Halbwüchsige folgen, der eine hat einen Spachtel aus der Werkstatt seines Vaters dabei.

Johannes sichert nach beiden Seiten. Jetzt, nach dem Abendessen, sind die Straßen wie leergefegt. „Alles frei!", ruft er leise seinem Freund zu.

Der setzt seinen Spachtel an – ruckzuck - ist das Papier entfernt. Johannes trägt das nasse Papier, damit Otto beide Hände frei hat. Nicht jedes Plakat können sie entfernen, mitunter kommt ihnen ein Passant entgegen.

Sie riskieren eine Standpauke, falls sie spät nach Hause kommen, doch ihr spätes Heimkommen wird glücklicherweise nicht bemerkt. Die nassen Plakate landen in einer Ecke in der Werkstatt von Ottos Vater. Wenn die getrocknet sind, wird er sie verbrennen.

Im Gefängnis

Richard Jungclaus betritt das Büro der Polizei. „Herr Giese, ich möchte eine Anzeige aufgeben."

„Nicht so hastig, junger Mann. Nehmen Sie zuerst einmal Platz."

Der Gemischtwarenhändler ist groß, blond und blauäugig. Sein ‚Führer' wäre zufrieden gewesen, wenn sie sich begegnet wären.

„Was ist denn passiert?" Der Wachtmeister legt sich ein Blatt Papier und einen Stift zurecht.

„Ich habe am Abend vor zwei Tagen etwa ein dutzend Plakate angeklebt, um für den Eintritt in die NSDAP zu werben."

„Ja, ist mir bekannt, ich habe die Genehmigung für das Ankleben der Plakate gelesen. Und jetzt?"

„Am nächsten Morgen - also gestern – musste ich feststellen, dass genau neun Plakate fehlen. Das ist nicht hinnehmbar. Diese Verbrecher müssen gefasst und bestraft werden!"

„Stopp, jetzt mal halblang. Wir haben ein unaufgeklärtes Tötungsdelikt, das ist auf jeden Fall zuerst an der Reihe. Kann es nicht vielleicht sein, dass die Plakate abgefallen und fortgeweht sind?"

„Nein, das halte ich für ausgeschlossen. Ich habe sie sorgfältig befestigt."

„Na gut. Angenommen, Sie haben recht und es hat sie jemand entfernt – das ist doch eher ein dumme-Jungen-Streich als eine Straftat."

„Ich halte es für Staats-zersetzend. Die parlamentarischen Grundrechte werden dadurch unterhöhlt." Der junge Kaufmann hat sich in Rage geredet.

„Gut, gut. Sobald wir diesen unsäglichen Todesfall gelöst haben, werden wir uns darum kümmern." Wachtmeister Giese zückt einen Stift und macht sich Notizen. „Wann haben Sie die Plakate angeklebt? Vor zwei Tagen, aha.

Wann ist Ihnen das Fehlen aufgefallen? Direkt am nächsten Vormittag, soso. Ich habe es notiert. Wir werden Augen und Ohren offenhalten, der Missetäter wird uns nicht entkommen!"

Richard Jungclaus erhebt sich. „Vielen Dank, Sie sind ein aufrechter Vertreter der Obrigkeit!"

Als er die Amtsstube verlassen hat, nimmt Polizist Giese den Zettel mit den Notizen und reißt ihn in Stücke.

***

Wachtmeister Giese sitzt mit seinem Helfer Kurt Dirks, dem Büttel der Gemeinde, beisammen und sortiert die Fakten zu dem Tod an Walter Gerdts.

„Was haben wir, um den Täter zu ermitteln, Kurt? Viel ist es nicht." Er hebt den gut faustgroßen Stein hoch, der vor ihm auf dem Schreibtisch liegt. „Dass Walter Gerdts mit diesem Stein erschlagen wurde, steht wohl außer Frage. Das Blut daran hat die gleiche Blutgruppe wie das Blut des Toten. Eindeutiger geht's nicht." Er legt den Stein wieder hin und kratzt sich am Kopf. „Ich habe gehört, dass man seit ein paar Jahren Fingerabdrücke abnehmen kann, aber von diesem Stein?" Er beäugt ihn aus nächster Nähe. „Raue Oberfläche, ich kann mir nicht vorstellen, dass so etwas möglich ist." Er grübelt wieder und sieht seinen Helfer nachdenklich an. „Wir haben alle Zeugen befragt, die Jäger und die Treiber, da war keine gescheite Auskunft dabei, oder?"

Kurt Dirks schüttelt den Kopf. „Nein, leider nicht. Niemand hat Jemanden gesehen oder etwas Auffälliges beobachtet."

Der Polizist nickt Zustimmung. „Eben, das habe ich auch so in Erinnerung." Er grübelt wieder. „Wir müssen versuchen, den Täter über das Motiv zu ermitteln. Wer hat einen so starken Groll gegen Gerdts gehabt, dass er ihn hätte umbringen können?"

Kurt Dirks stößt heftig seinen Atem aus. „So wie ich den Ort und seine Bewohner kenne, ist es eine lange Liste an Personen. Diesen Gerdts hat kaum jemand gemocht."

„Ja, das denke ich auch. Nicht mögen ist eine Sache, aber so hassen, dass der Mörder Gerdts erschlägt? Es gibt da draußen jemanden, den hat er so sehr gekränkt, verraten, oder sonst was, dass er von ihm getötet worden ist. Lass' uns eine Liste anfertigen, die gehen wir dann gemeinsam durch."

Der Landrat von Kehdingen, Doktor Karl von Buchka, ist ein seltener Gast bei der Polizei.

Ferdinand Giese springt auf und salutiert. „Guten Tag, Herr Landrat!"

Der reagiert jovial. „Lassen Sie diese Ehrenbezeugungen, mein lieber Giese. Ich bin hier, um mich nach dem Stand ihrer Ermittlungen im Fall des getöteten Walter Gerdts zu erkundigen."

Puh. Der Wachtmeister ist sichtlich erleichtert, es gibt keinen Rüffel und keine Zurechtweisung. „Ja, äh, wir haben da eine Liste von Personen, die wir in den nächsten Tagen einvernehmen werden. Wenn ich Ihnen die mal zeigen dürfte?"

„Gerne. Nehmen Sie doch wieder Platz." Der Landrat lässt sich in dem etwas wackeligen Besucherstuhl nieder und rückt näher an den Schreibtisch heran, um den Ausführungen des Wachtmeisters folgen zu können.

Die Liste ist kurz. Es ist ein Arbeiter aus der Bleifabrik, es gab da Streit um die Bezahlung von Überstunden. Ein weiterer Anlass zum Streit war eine noch nicht beglichene Handwerkerrechnung, der letzte auf der Liste ist der Lokomotivführer Klaus Wulff. Es gab Streit, weil Walter Gerdts ihm das Mädchen ausgespannt hat.

„Von dem Vorfall habe ich gehört", bemerkt der Landrat. „Es soll wohl eine lautstarke Auseinandersetzung am Bahnhof gegeben haben."

„Ja. Wir haben den jungen Mann zu morgen einbestellt, wir wollen sein Alibi überprüfen."

„Ja, das ist gut. Die beiden anderen Fälle scheinen mir als Motiv zum Erschlagen doch etwas schwach zu sein. Falls Sie Hilfe aus Cuxhaven benötigen, melden Sie sich bitte. Es handelt sich immerhin um den Sohn des Bürgermeisters, das müssen wir so schnell wie möglich aufklären."

„Jawohl, Herr Landrat. Ich halte Sie auf dem Laufenden."

Doktor von Buchka hat inzwischen das Büro verlassen, Wachtmeister Gieses Anspannung ist einer normalen Ruhe gewichen. Er sitzt über der Liste und denkt nach. Ein Kreuz hat er hinter den Namen Klaus Wulff gezeichnet. Er kennt den jungen Lokomotivführer als netten und freundlichen Mann, könnte er so eine Tat begangen haben? Er schüttelt den Kopf, im Zorn bringen viele Personen Dinge fertig, die man ihnen unter normalen Umständen niemals zugetraut hätte. Er wird versuchen, den jungen Mann morgen aufs Sorgfältigste auszuhorchen.

***

Klaus Wulff ist sichtlich nervös. Er sitzt vor dem Schreibtisch von Polizist Giese, flankiert von dessen Helfer. Er ahnt, warum er einbestellt worden ist.

„So, Herr Wulff. Gut, dass Sie unserer Aufforderung Folge geleistet haben. Sie wissen, warum Sie hier sitzen?"

Er nickt. Er ist blass und fühlt sich nicht wohl. „Ja. Ich glaube, es handelt sich um den Streit, den ich Ende April mit Walter Gerdts hatte. Ich fürchte, Sie werden mir da einen Strick draus drehen wollen."

„Ja, genau darum geht es, der Mörder ist noch nicht gefasst. Im Übrigen ,drehen wir keine Stricke', wir stellen gut überlegte und vorbereitete Nachforschungen an!"

„Ja, nun fragen Sie schon", Klaus Wulff seufzt ergeben.

„Gut. Sie haben am Freitag, den 25. April 1930, die Faust im Zorn gegen Walter Gerdts erhoben. Ist das richtig?"

„Ja, das stimmt." Klaus ist zerknirscht. „Sie können doch nicht allen Ernstes glauben, dass ich den Gerdts tatsächlich erschlagen habe."

„Das halte ich für ein sehr gewichtiges Motiv. Es wäre nicht das erste Mal, dass der Mann, dem ein anderer die Liebste ausgespannt hat, zum Mörder geworden ist. In so einem Fall werden sogar sanfte Naturen zu Verbrechern."

„Ich war es nicht, das müssen Sie mir glauben!", Klaus ist verzweifelt.

„Ich bin geneigt, Ihnen zu glauben, ich muss mich jedoch auf die Fakten stützen und die lassen mir nur wenig Spielraum. Ein anderer Punkt: Wo sind Sie am Morgen des 22. Juni in der Zeit von fünf bis acht Uhr gewesen? Es war ein Sonntag, um es Ihnen zu erleichtern."

„Ich weiß, wann der Tod von diesem Kerl war."

„Na bitte, dann haben Sie sich sicher schon Gedanken darüber gemacht!"

„Ja, ich habe geschlafen, was macht ein normaler Mensch sonst um die Zeit?", erwidert Klaus verärgert.

„Es ist offenbar ein Leichtes für Sie gewesen, das Bett zu verlassen, mit dem Fahrrad zur Jagd zu fahren, dem Gerdts aufzulauern und – zack – ihn mit einem Stein zu erschlagen. Danach haben Sie sich vielleicht sogar wieder hingelegt – und niemand hat etwas mitbekommen."

„Es hat deshalb niemand etwas mitbekommen, weil ich es nicht gewesen bin, um Himmels Willen!"

„Von dort kommt keine Hilfe. Überlegen Sie lieber, ob Sie in Ihrem Bett gesehen worden sind."

„Nein, ich habe schon darüber nachgedacht. Ich teile mir das Schlafzimmer mit einem Kollegen, dem Bremser Erich Klingbeil. Der hatte Sonntag früh jedoch Dienst."

„Dann konnten Sie alles in Ruhe vorbereiten, ungestört haben Sie den Mann erschlagen." Polizist Giese insistiert immer wieder, wird sich sein Delinquent verraten?

„Nein und nochmals nein! Ich bin es nicht gewesen, verdammt noch mal!" Klaus verliert allmählich die Geduld, Adern an der Schläfe treten hervor, er wird laut.

„Na, na. Beherrschen Sie sich bitte. Ich mache nur meine Arbeit."

„Die besteht offenbar darin, unschuldige Bürger zu einem Geständnis zu veranlassen. Suchen Sie lieber nach dem Richtigen, anstatt mich weiter zu verdächtigen!", entgegnet Klaus Wulff.

„Ich glaube, ich habe den Täter bereits. Sie haben die Gelegenheit gehabt, das Tatwerkzeug war ein umherliegender Stein, über das Motiv bestehen schon gar keine Zweifel." Polizist Giese nickt seinem Helfer zu. Der steht auf und ergreift ein Handgelenk von Klaus Wulff.

Der springt auf, entreißt seinen Arm und schreit: „Ich war das nicht! Ich habe diesen Gerdts nicht erschlagen – obwohl, ich hätte es gerne getan. Der Mann ist so ein fieses Schwein!"

Wachtmeister Giese ist zufrieden. Klaus Wulff scheint ihm geeignet genug, im Zorn einen Mann erschlagen zu haben. „Wir werden Sie vorläufig einsperren. Das heißt nicht, dass sie schuldig sind, darüber muss ein Gericht befinden."

Klaus ist entsetzt. Hätte er sich bloß nicht zu diesem Streit am Bahnhof hinreißen lassen! Nun steckt er tief in der Tinte. Es ist sicher besser, wenn er sich jetzt beruhigen würde. Schließlich können sie ihm die Tat nicht wirklich nachweisen, kein Alibi, dafür ein Motiv, das scheint ihm ein bisschen dünn für eine Verurteilung. So streckt er seine Handgelenke vor. „Ich gebe auf, es hat keinen Sinn mehr. Hier bitte, nehmen Sie mich fest." Er atmet tief ein und aus. Was kann er machen? Er muss sich darauf verlassen, dass das Gericht ordentlich arbeiten wird. Und wenn nicht? Es hat schon Fehlurteile gegeben. Blass und mit gesenktem Kopf wird er von Kurt Dirks in das Gefängnis hinübergeführt.

***

Am nächsten Tag erfährt Gertrud Willmers von Klaus' Verhaftung. Wenn er dienstfrei hat, holt er sie nach der Arbeit ab, das wäre heute der Fall gewesen. Erstaunt bemerkt sie sein Fehlen. ‚Vielleicht ist ihm etwas dazwischen gekommen?', versucht sie sich zu beruhigen. Nach dem Abendessen geht sie zu den Dienstwohnungen gegenüber des Freiburger Bahnhofes. Dass er kein Zeichen von sich gibt, sieht ihm gar nicht ähnlich. Auf ihr Klopfen öffnet Erich Klingbeil.

„Ach, Sie sind es, Gertrud. Sie wollen sicher zu Klaus. Haben Sie nicht gehört, dass er eingesperrt worden ist?"

Einen Moment sagt Gertrud gar nichts. „Eingesperrt?", wiederholt sie leise, beinahe flüsternd.

„Ja, man verdächtigt ihn, Walter Gerdts erschlagen zu haben. Wollen Sie nicht reinkommen und sich setzen?", fügt er besorgt hinzu.

Gertrud Willmers fühlt sich mit einem Mal schwach, speiübel ist ihr geworden. „Nein, das wird nicht nötig sein. Vielen Dank, ich werde jetzt nach Hause gehen." Auf dem Weg denkt sie an nichts anderes, als an die Verhaftung von Klaus. Er ist es nicht gewesen und er kann es nicht gewesen sein, das ist völlig gegen seine Natur. Was kann sie jetzt machen? Wenn es ganz dumm läuft, könnte er zum Tode verurteilt werden. Vor ihrem inneren Augen sieht sie ihn schon vorm Schafott stehen, mit einer dunklen Kapuze über dem Kopf. Ihr Herz krampft sich zusammen – was für eine schreckliche Vorstellung!

Am nächsten Morgen fragt sie zuerst ihren Chef, ob sie mal rasch zum Gefängnis gehen darf.

„Gefängnis? Verkehren Sie jetzt unter Verbrechern?"
Der Apotheker ist ehrlich betrübt, als er den Grund erfährt.
„Ich drücke Ihnen die Daumen, Fräulein Willmers, dass
sich das bald aufklären möge. Es wird sich sicher nur um
eine Verwechslung oder einen Irrtum handeln."

Das hofft Gertrud auch. Der Weg zum Gefängnis in der
Hauptstraße 31 ist nicht weit. Sie meldet sich an und muss
einen Moment warten, bis sie in ein Besucherzimmer gebe-
ten wird. Kühl und unfreundlich ist es hier, der Raum ist
grau gestrichen, eine schwache Birne, die ohne Lampenge-
häuse von der Decke baumelt, gibt trübes Licht.

Klaus wird hereingeführt. Er sieht schlecht aus, er ist un-
gekämmt und blass.

Gertrud bleibt fast das Herz stehen, als sie ihn sieht.
„Klaus! Wie siehst du denn aus?" Sie springt auf und greift
nach seiner Hand.

Ein schwaches Lächeln huscht über sein übernächtigtes
Gesicht. „Gertrud, wie schön dich zu sehen!" Er erwidert
den Druck ihrer kleinen, zarten Hand. „Ich bin es nicht gewesen, das musst du mir glauben!"

Sie streicht über seinen Arm, den er immer so schützend
um sie gelegt hat. „Natürlich warst du es nicht! Ich habe
nicht die Spur eines Zweifels."

„Das ist schön. Ich habe mir schon Sorgen gemacht, du
könntest diesen Unsinn glauben."

„Also wirklich. Wir vertrauen uns doch, es gibt für uns
keine Geheimnisse und keine Lügen. Die Frage ist, wie wir
es der Polizei vermitteln, denn die sind offenbar anderer An-
sicht."

„Ich hoffe, dass der wahre Täter ermittelt und gefasst wird. Nur so wird man mich freilassen."

„Ja, das denke ich auch. Ich werde gleich zu Polizist Giese gehen und ihn entsprechend bearbeiten", beruhigt ihn seine Freundin.

„Ich hoffe, es hilft. Mir gegenüber hat er den unbeugsamen Vertreter des Gesetzes gegeben."

„Vielleicht kann ich ihn umstimmen. Er muss sich geirrt haben, möglicherweise kann ich ihn davon überzeugen."

Klaus freut sich über den Eifer seiner Freundin. Wenn es jemand schaffen kann, dann sie.

***

Wachtmeister Giese hat Besuch. Gertrud Willmers hat sich ihr schönstes Kleid angezogen und sich die Haare sorgfältig gekämmt. Die braunen Locken umrahmen ein Gesicht, dessen Makellosigkeit von einer tiefen Sorgenfalte gestört wird.

„Sie können sich sicher denken, warum ich hier bin?", fragt sie den Polizisten.

Er kennt die meisten Beziehungen aus dem Ort, auch Klatsch und Tratsch wird ihm zugetragen. Er hat ein offenes Ohr für diese Geschichten, sie helfen ihm, sich ein besseres Bild machen zu können. „Ich habe Ihren Freund eingesperrt, das macht Ihnen Sorgen."

„Genauso ist es. Ich kenne meinen Klaus, der kann keiner Fliege etwas zuleide tun. Niemals im Leben könnte er jemanden erschlagen!"

„Als seine Freundin sind Sie nicht so objektiv, wie unsereiner. Ich kann nur die Fakten, die mir zur Verfügung stehen, abwägen. Danach ist er für mich der Täter."

„Fakten, Fakten! So ein Mord ist eine emotionale Angelegenheit, da spielen Gefühle eine Rolle. Und damit wiederum kenne ich mich besser aus, jedenfalls mit den Gefühlen von meinem Schatz!"

„Ich verstehe Sie, Fräulein Willmers, Sie müssen so denken. Aber versetzen Sie sich bitte in meine Lage. Wir haben mehrere Zeugen für den Streit mit Walter Gerdts. Das Motiv ist geradezu klassisch. Wenn ich Sie mir so ansehe, kann ich es gut verstehen."

„Ja – mein Klaus war es nicht, ich kenne ihn besser als jeder andere! Zu dem Zeitpunkt, als er den Gerdts umgebracht haben soll, waren wir doch wieder zusammen. Das Motiv, das Sie anführen, war doch nicht mehr vorhanden."

„Gut, das könnte ein Argument sein. Ich könnte mir jedoch vorstellen, dass Klaus Wulff einen unglaublichen Zorn auf den Gerdts gehabt hat. Außerdem konnte er nicht sicher sein, dass Walter Gerdts die Idee, Sie als seine Freundin wieder zu gewinnen, aufgegeben hat. Sobald etwas Gras über seinen Fehltritt gewachsen wäre, hätte er wieder um Sie werben können."

„Ich glaube, Sie wollen mich nicht verstehen. Meine Mühe ist offenbar vergeblich."

„Tut mir leid. Präsentieren Sie mir den Mann, den Sie für den Täter halten, dann ist ihr Freund frei."

„Das ist ja wohl eigentlich Ihre Aufgabe. Ich sehe schon, ich bin hier an der falschen Stelle."

Wachtmeister Giese zuckt mit den Schultern. „Ich kann es nur wiederholen, wir haben ihren Freund eingesperrt, weil wir ihn für dringend tatverdächtig halten. Über seine Schuld wird ein Gericht zu entscheiden haben."

„Dabei ist mir auch nicht wohler. Ich denke, ich gehe besser. Auf Wiedersehen!" Zornig und traurig zugleich verlässt sie die Amtsstube.

Sie lässt einen nachdenklichen Polizisten zurück. Hat er wirklich alles versucht, um den wahren Täter zu finden? Das mit dem Klaus Wulff war ja fast zu perfekt. Er nimmt sich vor, mit Kurt Dirks darüber zu sprechen, vielleicht fällt ihnen gemeinsam etwas ein.

***

Beim Abendessen der Familie Willmers spricht Johannes seine ältere Schwester an. „Gertrud, du wolltest doch heute zur Polizei. Ist etwas dabei herausgekommen?"

Ein Schatten huscht über ihr Gesicht. „Nein, gar nichts. Dieser Mann ist völlig verbohrt. Wenn nichts mehr passiert, werden Sie Klaus verurteilen. Über das, was dann kommen könnte, mag ich gar nicht nachdenken." Sie trocknet ein paar Tränen mit ihrem Taschentuch. „Er sagt, ich solle ihm den wirklichen Täter präsentieren, das würde helfen."

Am Nachmittag des nächsten Tages hocken Otto und Johannes wieder in ihrer Lieblingsecke auf dem Dachboden. Otto schmökert in seinem Lieblingsbuch, dem »Lederstrumpf«.

Johannes grübelt und blickt nachdenklich an die Decke. „Sag mal, Otto, sollten wir nicht mal wieder Detektiv spielen?"

Der legt sein Buch beiseite. „Klingt gut, hast du schon eine Idee?"

„Ja. Der Freund meiner Schwester Gertrud ist doch eingesperrt, weil man ihn verdächtigt, Walter Gerdts erschlagen zu haben."

„Weil der hinter deiner Schwester her war." Er lacht plötzlich. „Sag mal, wieso hat so ein hässlicher Kerl wie du eigentlich so eine hübsche Schwester?" Er lacht und springt hoch, weil er ahnt, was jetzt passieren wird.

„Du! Sei nicht so frech!" Johannes greift nach Ottos Arm, zieht ihn an sich. „Du kommst jetzt in den Schwitzkasten! Es sei denn, du entschuldigst dich auf der Stelle!"

Sie lachen beide aus vollen Herzen, sie können sich nicht ernsthaft böse sein. „Aber mal ernsthaft", nimmt Johannes den begonnenen Faden wieder auf. „Könnten wir nicht versuchen, den wirklichen Täter zu finden?"

Otto zieht ein nachdenkliches Gesicht. „Klar können wir das. Wir brauchen nur einen guten Plan, besser als den der Polizei." Er setzt sich wieder auf das alte Sofa. Dessen Federn quietschen und es ächzt erbärmlich, es ist eben ein sehr altes Sofa. „Der Tod hat doch während der Jagd stattgefunden, nicht?"

„Ja, darüber gibt es keinen Zweifel."

„Gut. Dann muss einer der Jäger, der Treiber, oder wer sonst noch dort war, der Täter sein." Er setzt sich aufrecht hin. „Wir werden nochmal alle befragen, irgendwas findet sich immer."

„Das haben doch unser Wachtmeister und mein Onkel schon gemacht."

„Ich weiß. Wir werden denen aber andere Frage stellen, vielleicht verplappern sie sich. Versuch du von deinem Onkel die Liste aller Teilnehmer zu erhalten, dass würde uns etwas Mühe ersparen."

„Gut, ich versuch 's."

„Was willst du denn mit der Liste?", fragt Onkel Kurt. „Eigentlich darf ich die nicht rausgeben."

„Wir schreiben sie nur ab, morgen erhältst du sie zurück. Otto will ein Spiel damit entwickeln, die eine Mannschaft sind die Jäger, die andere die Treiber."

„Na, ich weiß nicht. Aber gut, so wichtig ist das nicht, was dort steht, es sind lediglich ein paar Namen."

Tags drauf stromern Johannes und Otto in der Gegend herum, wo Gerdts erschlagen worden ist. Otto hat einen großen Zettel und einen Bleistift dabei. Er zeichnet alles auf, die Schneisen und Wege, alle auffallenden Bäume und Gräben. Am Abend hat er eine genaue Karte der Gegend, jeder Bach, auch das Gasthaus, ist darauf festgehalten. Johannes Aufgabe war es, alle Strecken in Schrittlängen abzumessen.

„Was machen wir damit?", fragt der seinen Freund Otto. Er ist erstaunt über die Präzision, mit der er die Karte erstellt hat, das ringt ihm Bewunderung ab.

„Wir werden jetzt jeden einzelnen der Jagdgesellschaft aufsuchen und dessen Standort beziehungsweise Bewegungen einzeichnen. Wir müssen später von jedem genau wissen, was er gemacht hat. Ich fresse einen Besen, wenn wir so nicht den wahren Täter ermitteln können."

„Meinst du, die sagen uns das? Die lachen uns doch aus und jagen uns vom Hof."

„Wenn es wir von einem nicht erfahren, dann eben von einem anderen. Wir müssen alle Aussagen miteinander abgleichen, am Ende wird das Bild schon stimmen."

Der erste, den sie aufsuchen, ist Ernst Slaby, er war einer der Treiber. Er ist Ottos Onkel, der Bruder seiner Mutter, der gibt bestimmt Auskunft.

„Was habt ihr denn damit vor? Ich denke, der Täter ist gefasst", fragt er erstaunt.

„Das sieht nur so aus. Wir wollten wissen, wie alt man sein muss, um Treiber zu werden. Muss man dazu eine besondere Ausbildung haben?"

„Ich glaube, achtzehn muss man schon sein, aber das weiß ich nicht genau. Eine Ausbildung braucht man dafür nicht, das kann jeder Trottel."

„Aha. Könnt ihr euch eigentlich sehen, wenn ihr durch das Dickicht streift?", fragt Otto.

„Ach, die meiste Zeit schon, manchmal nicht. Aber wir können uns zurufen, damit wir auf einer Linie bleiben."

„Wen hast du denn als Nachbarn gehabt?"

Ottos Onkel runzelt die Stirn. „Zu meiner Linken Peter Röndigs, zu meiner Rechten war das Bremser Wilhelm Schild."

Otto zeichnet es in seinen Plan ein. „In welche Richtung seid ihr gegangen?"

Ernst Slaby zeigt mit dem Finger auf den Plan. „Hier habe ich gestanden, hier die beiden anderen. Wir sind dann in die Richtung gegangen." Er deutet die Bewegung an.

Otto malt einen Pfeil an jeden Kringel, der einen Treiber darstellt.

„Ich möchte zu gern wissen, was ihr mit dem Plan wollt."

„Ach, nur so zum Spaß, Onkel Ernst."

Das war einfach. Auch einige andere geben Auskunft, ohne misstrauisch zu sein. Nun wollen sie den Leiter der Jagdgesellschaft befragen.

„Ich hab' Bammel davor", gibt Johannes zu.

„Meinst du, mir geht es anders?", erwidert Otto. „Ohne seine Angaben fehlen uns zu viele Daten." Sein Plan sieht schon gut aus, er ist übersät mit Strichen und Pfeilen, Notizen sind an den Rand geschrieben.

Sie radeln mit ihren Fahrrädern zu der Bootswerft am Freiburger Hafen. „Wir möchten gerne Herrn Hesse sprechen - wenn er denn Zeit hat", fragt Otto höflich.

Herr Gottlieb Hesse hat Zeit. Wohlwollend mustert er die beiden Jungen. „Was habt ihr denn auf dem Herzen?"

Otto legt seine Skizze auf den Tisch. „Im Auftrag von Gertrud Willmers helfen wir der Polizei, den Totschlag von Walter Gerdts zu untersuchen, die Laufarbeit, Sie wissen schon." Das ist zwar völlig aus der Luft gegriffen, klingt jedoch halbwegs glaubhaft.

„So? Ich denke, der Täter sitzt?"

„Schon, die Beweise reichen jedoch nicht aus. Es hat niemand gesehen, wie es passiert ist", erklärt Johannes.

„Gut, dann lasst mal eure Fragen hören."

Eine Stunde später ziehen die beiden zufrieden ab, sie haben zahlreiche Informationen dazu gewonnen.

Zwei Tage später sind sie zwar noch nicht bei jedem gewesen, der Plan ist jedoch schon ziemlich vollständig. Sie hocken vor dem Fenster auf dem Dachboden und blicken mit krauser Stirn auf das Konglomerat aus Informationen.

„Was hilft uns das jetzt?“, Johannes ist ganz wirr wegen der vielen Pfeile und Notizen.

„Tja“, Otto kratzt sich am Kopf. „Die Jäger saßen die ganze Zeit, vom Beginn der Jagd bis zum Abblasen, auf ihren Hochsitzen, die kann man als Verdächtige wohl streichen. Die Treiber haben fast immer Kontakt zueinander gehabt.“ Er nimmt seine Brille ab und reibt sich die Augen. „Nur einer nicht!“ Er zieht die Karte zu sich heran, dreht sie hin und her. „Alfred Steffens ist zwischendurch für eine Viertelstunde verschwunden. Der hätte die Gelegenheit gehabt.“

„Ja, er war auf seinem Weg nicht weit von Walter Gerdts entfernt!“, Johannes reißt die Augen auf.

„Und außerdem hat er ein Motiv. Das haben bisher alle übersehen!“, ruft Otto

„Du meinst, weil Paula tot ist?“, äußert Johannes vorsichtig.

„Ja klar. Das ist doch das Motiv! Gerdts hat sie zwar nicht umgebracht, aber indirekt ist er schuld an ihrem Tod!“

„Puh! Du hast recht. So muss es gewesen sein.“ Johannes sieht seinen Freund mit großen Augen an. „Du bist besser, als jede Polizei!“

„Schon gut, schon gut." Otto macht eine wegwerfende Geste. „Viel wichtiger ist, dass Klaus Wulff jetzt entlassen werden kann und deine Schwester ihren ‚Liebling' zurück bekommt."

„Aber dazu müssen wir erst den Wachtmeister überzeugen."

„Richtig. Das machen wir sofort. Komm mit!", fordert Otto seinen Freund auf.

„Was habt ihr denn wieder vor?" Polizist Giese wollte gerade in den Feierabend, er steht vor seinem Schreibtisch, den Tschako hat er schon aufgesetzt.

„Es ist wichtig. Wir wissen jetzt, wer Walter Gerdts wirklich umgebracht hat!", ruft Johannes.

„Tatsächlich? Wie kommt ihr denn darauf?" Der Wachtmeister stutzt. Ihm ist seit Gertrud Willmers' Besuch nicht wohl in seiner Haut, die Verhaftung von Klaus Wulff lässt ihm seitdem keine Ruhe.

Otto zieht seine mit Zeichen und Hinweisen übersäte Karte hervor. „Wir haben eine andere Idee für den tatsächlichen Ablauf."

„Ein besseres Motiv haben wir auch!", ereifert sich Johannes.

Polizist Giese zögert. Er nimmt seinen Tschako ab und setzt sich wieder. „Dann lasst man hören, ich bin ganz Ohr."

Otto legt seine Karte auf den Tisch und beginnt zu erläutern. „Wir haben alle Standorte und Bewegungen nachvollzogen. Der einzige, von dem niemand für etwa 15 Minuten gewusst hat, wo er war, und was er in dieser Zeit gemacht hat, ist der Treiber Alfred Steffens. Sehen Sie, hier."

Otto zeigt mit dem Finger auf den Plan, erläutert die Bewegung und die Kommunikation der Treiber untereinander. „Er ist der Einzige, der eine Gelegenheit dazu hatte", versichert er mit Überzeugung.

Polizist Giese ist ehrlich verblüfft. Diese beiden Knirpse haben etwas geleistet, dass eigentlich von ihm hätte kommen müssen. „Und was habt ihr euch zu dem Motiv einfallen lassen? Das ist doch genauso wichtig, wie die Gelegenheit."

Jetzt ist Johannes am Zug. „Paula, die Tochter von Alfred Steffens ist doch tot. Wir können uns gut vorstellen, dass der Vater die Schuld Gerdts gegeben hat. Denn der ist indirekt daran schuld, dass sie tot ist. Sie war nicht nur seine älteste Tochter, sondern auch eine wichtige Stütze im Haushalt." Er ist fertig, gespannt warten sie auf die Reaktion des Polizisten.

Der sieht sein ganzes schöne Gebäude aus Thesen und Vermutungen den Bach runtergehen. Warum ist er nur so stur gewesen und hat sich auf den einen Mann als Täter gestürzt? Zugegeben, das Motiv war gut, eine Gelegenheit zur Tat war ebenfalls gegeben. Das, was ihm die beiden Jungen präsentiert haben, ist allerbeste Polizeiarbeit. Es ist ihm zwar unangenehm, er muss es jedoch unumwunden zugeben. Er hat bei den Ermittlungen Alfred Steffens quasi ausgeklammert, weil er diesem recht einfachen Mann keine so planvoll durchdachte Vorgehensweise zugetraut hatte. Eine Prügelei auf offener Straße, ja, aber so etwas?

„Das habt ihr gut gemacht, meine Hochachtung!" Das ist nicht nur so dahin gesagt. Zwei Halbwüchsige haben ihm vorgemacht, wie es hätte sein müssen.

„Was ist jetzt mit Klaus Wulff?", fragt Johannes. Ihm liegt daran, dass seine Schwester wieder glücklich wird.

Das werde ich auf der Stelle richtig stellen, ich kümmere mich darum." Er setzt sich seinen Tschako auf – das sieht immer sehr amtlich aus - und geht voraus. Die Jungen folgen ihm aufgeregt.

Er geht zum Gefängnis hinüber und spricht mit dem Wachmann.

Wenige Minuten später wird Klaus Wulff herausgeführt.

***

Alfred Steffens sitzt vor dem Schreibtisch des Wachmannes Ferdinand Giese.

„Wo sind Sie am 22. Juni in der Zeit von fünf bis acht Uhr gewesen?"

Der Mann zuckt mit den Schultern. „Das wissen Sie doch längst, ich war als Treiber für die Jagd vom Werftbesitzer eingeteilt."

Dieses Argument hört der Polizist nun bestimmt schon zum fünften Mal. „Das weiß ich. Sagen Sie mir lieber, was Sie in der Zeit getan haben!"

Mit zusammengezogenen Brauen mustert der kräftige Ziegeleiarbeiter den Polizisten, der ihm mit seinem kleinen Bäuchlein gegenüber sitzt. „Was macht man während einer Drückjagd? Man drückt das Wild langsam aus seiner Deckung heraus."

„Und was ist mit den 15 Minuten, als Sie nicht auf Ihrem Platz waren?"

„Pinkeln. Ich war pinkeln. Das wird ja wohl gestattet sein."

Ferdinand Giese steckt fest, er merkt es ganz deutlich. Im Grunde genommen hat er gegen diesen Kerl kein besseres Argument als gegen den jungen Lokführer. Er kann nicht zum zweiten Mal jemanden einsperren, der es dann doch nicht gewesen ist. Zähneknirschend lässt er den Mann laufen. „Halten Sie sich zu unserer Verfügung!", ruft er ihm noch hinterher.

Johannes hat von seinem Onkel Kurt erfahren, dass Alfred Steffens schon wieder auf freiem Fuß ist. Nun sitzt er bei Otto auf dem Dachboden und berichtet ihm das niederschmetternde Ergebnis. „Wir haben uns so viel Mühe gegeben – und nun dass!"

„Ja, das ist ein harter Schlag!", kommentiert Otto. Dann zieht ein Leuchten über sein Gesicht. „Aber nicht hart genug für uns! Pass auf, ich habe eine Idee."

***

Zwei Tage später fischt Alfred Steffens ein seltsames Schreiben aus dem Briefschlitz seiner Tür. In großen, schwarzen Buchstaben steht dort:

Wir haben Sie gesehen, als Sie Walter Gerdts mit einem Stein erschlagen haben. Wenn Sie das nicht bei der Polizei zugeben, erzählen wir es!

Der Geheimbund!

Ein schwarzer Totenkopf ist darunter gezeichnet, darauf war Otto ganz besonders stolz.

Der Ziegeleiarbeiter hält das Papier in der Hand und sinkt auf das Sofa. Er fragt sich, ob das Unfug ist, oder ob ihn tatsächlich jemand beobachtet hat. Vor seinem inneren Auge läuft sein Leben ab. Es war fast alles verkorkst, was er angefangen hat. Ganz schlimm wurde es, als seine Frau vor zwei Jahren gestorben ist. Er hat angefangen zu trinken und hat seine Kinder geschlagen, mehr aus Verzweiflung, als im Zorn. Ja, seine Kinder. Was soll aus ihnen werden, wenn er im Gefängnis steckt oder vielleicht sogar hingerichtet wird? Er könnte versuchen, als Gegenleistung für ein Geständnis Ersatzeltern für sie zu finden. Der Gedanke gefällt ihm.

Am nächsten Morgen ist er wieder bei der Polizei, den Zettel mit der merkwürdigen Nachricht hat er dabei.

„Ja, ich bin das gewesen. Was geschieht jetzt mit meinen Kindern? Sie müssen mir versprechen, dass sich jemand um sie kümmert, wenn ich nicht mehr da bin."

Polizist Giese mustert den Mann, der wie ein Häufchen Elend vor ihm sitzt. „Ich verspreche Ihnen, dass wir uns darum kümmern werden." Er hat bereits eine Idee, wie der Familie geholfen werden könnte.

Alfred Steffens wird eingesperrt, ein Gericht wird über seine Zukunft entscheiden.

***

Ein paar Tage später erhält der Bürgermeister Ludwig Gerdts Besuch von der Polizei. Es ist Wachtmeister Giese, seine dunkelblaue Uniform kneift über dem kleinen Bauch, die Schaftstiefel sind unbequem, über dem immer etwas geröteten Gesicht thront der Tschako.

„Was gibt es, Herr Giese, dass Sie mich zuhause aufsuchen?"

„Wir haben nun den wahren Mörder ihres Sohnes ausfindig gemacht. Alfred Steffens ist der Täter. Er hat aus Zorn über den Tod seiner ältesten Tochter die Gelegenheit bei der Jagd genutzt und ihren Sohn Walter erschlagen. Er hat ihn für den Tod seiner Tochter verantwortlich gemacht, was er indirekt ja auch war. Ausgerechnet die Tochter, die sich nach dem Tod ihrer Mutter um die vier jüngeren Geschwister gekümmert hat."

Der Bürgermeister seufzt. „Vielen Dank für die Information, damit ist mir geholfen. Mein Sohn hat mir nicht viel Freude gemacht, trotzdem - ich fühle mich wohler, nachdem ich weiß, wer ihn auf dem Gewissen hat."

„Das habe ich gehofft, Herr Gerdts. Der andere Punkt, weshalb ich Sie persönlich aufgesucht habe, ist das Schicksal der Kinder. Die Mutter ist gestorben, der Vater wird für Jahre eingesperrt werden – wer soll sich um sie kümmern? Sie haben als Bürgermeister doch Möglichkeiten, das in die Hand zu nehmen. Nicht zuletzt trägt ihr Sohn indirekt die Schuld am Tod der Paula Steffens."

Ludwig Gerdts räuspert sich. „Sie haben nicht ganz Unrecht, ich sollte mich für die Kinder verantwortlich fühlen." Er zögert einen Moment. „Ich werde das in die Hand nehmen, Sie können sich auf mich verlassen."

„Das habe ich gehofft, vielen Dank, Herr Gerdts."

***

Polizist Giese ist im Gefängnis gewesen. Er hat Alfred Steffens mitgeteilt, dass für seine Kinder eine Pflegestelle gefunden worden ist, was bei gleich vier Kindern nicht eben leicht war. Der Polizist hofft, dass es den Kindern dort besser gehen wird, als in ihrem Elternhaus, wo Armut und Bitterkeit herrschten. Nun steht er an der Hauptstraße und genießt die warme Luft des Sommers.

Zwei Jungen auf Fahrrädern kommen auf ihn zu, die Kette des einen Rades ist lose und klappert gegen den Kettenschutz. „Guten Tag, Herr Giese!", rufen ihm die beiden zu und wollen vorbeifahren.

„Stopp, Ihr Zwei! Anhalten!"

Der Obrigkeit muss gehorcht werden. Otto Suhr und Johannes Willmers bremsen und kommen zum Stillstand. Mit großen Augen mustern sie den Polizisten. Was will er von ihnen?

„Seid ihr der »Geheimbund«?"

„Äh, wir dachten …"

„Ihr habt damit Erfolg gehabt. Aber lasst euch nicht nochmal bei so etwas erwischen!"

„Ja, Herr Giese." Schuldgewusst blicken sie zu Boden.

„Plakate werden auch nicht mehr entfernt, ist das klar?"

Mist, woher weiß er das denn? Otto und Johannes sind sichtlich kleinlaut geworden, ihnen fällt dazu nichts ein.

„Nun fahrt schon weiter. Macht in Zukunft keine solchen Streiche mehr!" Er lächelt den beiden hinterher, wie sie kräftig in die Pedale treten.

Nachwort

Im Jahr 1933 wurde der Personenverkehr der Kehdinger Kreisbahn komplett von der Peill Omnibus Gesellschaft übernommen

Im Jahr 1936 wurde auch der Gütertransport abgegeben, anschließend wurde mit der Demontage der Gleise und der Beseitigung alles rollenden und stehenden Materials begonnen. Der Kehdinger Kreisbahn wurde damit das gleiche Schicksal zuteil, wie schon vielen anderen Kleinbahnen vor und nach ihr. Mit dem aufkommenden Personen und Güterverkehr auf der Straße konnten die mit Dampflokomotiven gezogenen Züge auf den Nebenstrecken nicht konkurrieren.

Heute existieren noch Relikte dieser Bahn, die ein aufmerksamer Beobachter entdecken kann. Es sind dies zum Beispiel das Bahnhofsgebäude in Stade (heute eine Spielhalle), ebenso die Bahnhofsgebäude in Freiburg, Krummendeich, Balje und Itzwörden, alle werden privat genutzt. Die Schienen sind vollständig verschwunden, lediglich im Pflaster des Stader Hafens sind noch ein paar Gleise zu finden.

Hier und da existiert noch ein Bahnhofs- oder Dienstgebäude, die, mit etwas Phantasie, als solche erkannt werden können, es sind dies Bützfleth, Barnkrug, Hamelwörden, Landesbrück-Oederquart, Nindorf (die Liste ist ohne Gewähr und wahrscheinlich nicht vollständig).

Der Nationalsozialist aus Freiburg – der Gemischtwarenhändler Richard Jungclaus – baute die erste SS-Schutzstaffel im Regierungsbezirk Stade auf. Er stieg in der Hierarchie der SS weiter auf und erhielt hohe Posten, zum Beispiel war er in Personalunion Wehrmachtbefehlshaber und SS- und Polizeiführer für das Gebiet Belgien und Nordfrankreich.

Er handelte gegen die Befehle der Führung, als er 1944 fünftausend deutsche Schwerstverwundete in den Schutz des belgischen Roten Kreuzes überstellte und als Gegenleistung eintausendfünfhundert belgische Zivilgefangene frei ließ. Er wurde degradiert, aller Posten enthoben und an die Front strafversetzt. Er starb am 15. April 1945 im damaligen Jugoslawien in einer Maschinengewehrgarbe.

Gertrud und Klaus heiraten. 1935 erhält der tüchtige junge Lokomotivführer eine Stelle bei der Niederelbischen, der Bahn zwischen Harburg und Cuxhaven. Sie ziehen nach Stade, um einen kürzeren Arbeitsweg für ihn zu erreichen. Seine Frau Gertrud kümmert sich um die Kinder.

Bis auf den Landrat Doktor Karl von Buchka und Heinrich Peill, dem Inhaber der Peill Omnibus-Gesellschaft und dem Nationalsozialisten Richard Jungclaus, sind alle Personen erfunden, die Geschichte ist fiktiv. Gegeben hat es die Kehdinger Kreisbahn, sie war mit ihren dampfbetriebenen Lokomotiven über vierzig Jahre fast das einzige Transportmittel in Kehdingen, bis sie das Schicksal vieler anderer Kleinbahnen erreichte und aus wirtschaftlichen Gründen den Betrieb aufgeben musste.

Für weitere Information über die Kehdinger Kreisbahn verweise ich gerne auf zwei Bücher, die mir wertvolle Dienste bei der Recherche geleistet haben.

- o Die Kehdinger Kreisbahn von Hans-Otto Schlichtmann, herausgegeben von der Kreissparkasse Stade, 1987

- o Die Kehdinger Kreisbahn und die dazugehörenden Postanstalten von Günther Borchers, Herausgeber ist ebenfalls die Kreissparkasse Stade, 2018

Zum Autor

Autor Peter Eckmann lebt in Niedersachsens Norden unweit der Elbe. Der Ingenieur der Verfahrenstechnik schreibt als Allan Greyfox Wildwest- und Detektivromane.

Als Sportschütze im Western-Action-Schießen erwarb er Kenntnisse der Waffentechnik.

Das ist auch gut für die Krimis, die er unter seinem realen Namen schreibt.

1947 wurde Peter Eckmann in Pinneberg geboren. Er wuchs in Hamburg auf – nicht weit entfernt von der Reeperbahn. Er wurde Chemielaborant und schloss 1972 sein Studium zum Chemie-Ingenieur ab. Das war eine gute Voraussetzung für eine Karriere bei Dow Deutschland in Stade. Inzwischen verheiratet, verlegte er seinen Wohnsitz auf die niedersächsische Seite der Elbe. Mit 59 Jahren nutzte Peter Eckmann die Gelegenheit, in den Vorruhestand zu wechseln und den privaten Neigungen nachzugehen: »Ich bin gern mit dem Fahrrad unterwegs, pflege meinen Garten – und lasse meine Fantasie zu Büchern werden.« Von Ehefrau Eva Maria, mit der er kurz vor der Goldenen Hochzeit steht, fließen ab und zu ein paar Sätze mit hinein.

Beachten Sie bitte auch meine Internet-Seiten:

www.allan-greyfox.de

sowie

www.peter-eckmann.de

Dort finden Sie Hintergrund-Informationen zu meinen Büchern.